CARRIACOU

Illustrations de Jocelyne Bouchard

Collection dirigée par
Michèle Gaudreau

■ N A T U R E   J E U N E S S E ■

ÉDITIONS
MICHEL
QUINTIN

Données de catalogage avant publication (Canada)

Boisvert, Nicole M., 1941-

  Carriacou

  (Nature jeunesse ; 12)
  Pour les jeunes de 8 à 12 ans.

  ISBN 2-89435-098-8

  I. Titre.   II. Collection.

PS8553.O467C37 1997   jC843'.54   C97-941050-9
PS9553.O467C37 1997
PZ23.B64Ca 1997

Illustrations: Jocelyne Bouchard
Infographie: Tecni-Chrome

Nous remercions le Conseil des Arts du Canada et la SODEC de l'aide accordée à notre programme de publication.

ISBN 2-89435-098-8
Dépôt légal - Bibliothèque nationale du Québec, 1997

© Copyright 1997
Éditions Michel Quintin
C.P. 340, Waterloo (Québec)
Canada J0E 2N0
Tél.:   (514) 539-3774
Téléc.:(514) 539-4905
Internet: http://www.mquintin.com
Courrier électronique : mquintin@mquintin.com

Imprimerie H.L.N.

1234567890HLN987

Imprimé au Canada

Chapitre 1
Soeur à vendre

*M*on nom est Marc-André. Tout le monde m'appelle Marco. J'ai huit ans et je trouve que la vie n'est pas juste.

Florence, ma soeur, a onze ans et demi. C'est la chanceuse de la famille. Elle possède un cheval, elle ! Et pas moi ! C'est pas juste !

Son cheval s'appelle Carriacou. C'est un quarter horse, un grand cheval de seize mains. Les chevaux, ça ne se mesure pas en mètres mais en mains. Pourquoi ? Je ne sais pas.

Ce qui me fait raidir le toupet (c'est ma soeur qui frise !), c'est le concours hippique de samedi prochain. Si je pouvais m'entraîner avec Carriacou, je suis sûr que je gagnerais le premier prix.

3

Tiens, voilà justement ma soeur qui sort de l'écurie. Je me demandais où elle était passée, celle-là.

Tenant son cheval par la bride, Florence entre dans le manège extérieur entouré d'une clôture de planches. Sa tignasse rousse, invraisemblable, est ramassée en chignon sous son casque. Bottée et toute serrée dans son pantalon d'équitation trop petit, la jeune écuyère a presque un corps de garçon. Long, mince et plat. Marco l'arrête.

– T'avais dit que tu ne t'entraînerais pas aujourd'hui !

– Comme tu vois, j'ai changé d'idée.

– C'est pas juste. Tu avais promis de me prêter Carriacou toute la journée.

– Carriacou n'aime que moi.

– Comment tu le sais ?

– Je le sais. C'est tout. Viens sauter avec nous, si tu veux !

– J'ai pas de cheval, moi !

– Marco Harvey ! Il y en a trente-quatre dans l'écurie de papa. De quoi tu te plains ?

– Trente et un. Papa et maman sont partis en vendre trois à l'encan.

– Monte Grenade, alors !

– Je n'aime pas Grenade.

– Prends l'étalon.

– J'ai peur de l'étalon, tu le sais, et les juments que j'aime sont enceintes.

– Prends le poney!

– Je ne suis plus un bébé. Je veux Carriacou, bon. Tu ne tiens pas tes promesses, Florence Harvey, et puis tu devrais voir l'air que tu as avec ton chandail trop grand et tes cheveux de mouton!

– Mais qu'est-ce qui te prend, espèce de patapouf?

– Rien, grande échalote!

– Fais de l'air. J'en ai assez entendu. Laisse-moi travailler!

Florence ajuste la selle anglaise sur le dos de Carriacou, raccourcit les étriers et tourne autour de l'animal au poil acajou.

– Quelle belle face tu as, mon Carriacou!

Carriacou secoue son toupet de crins noirs et retrousse les babines.

– C'est ça, chouchou, fais un beau sourire plein de dents jaunes à ta maîtresse!

Carriacou se laisse tapoter le poitrail sans protester.

– Faudrait que je te coupe la barbe, dis donc! T'as vu, Marco? Il a plein de poils sous la mâchoire.

– Je m'en fous.

– Ce que tu es aimable aujourd'hui!

– C'est de ta faute.

Marco en a ras la casquette de sa soeur. Il boude.

Je ne la reconnais plus, ma soeur. Avant, elle me prêtait Carriacou. Pas souvent, mais quelquefois quand même. Maintenant, plus jamais. On dirait qu'il n'y a plus que son amie Nadia et Carriacou dans sa vie. Moi, je compte pour du beurre. Quand je me lève le matin, je ne sais jamais quelle soeur je vais trouver, la soeur gentille ou la tornade. Pourtant, je l'aime, Florence. C'est ma soeur préférée. Je n'en ai qu'une, mais c'est ma préférée quand même!

– Flo... Flooo, cet après-midi tu me le prêteras, Carriacou? Flooo... pas longtemps... Flo, dis oui, s'il te plaît!

Florence hausse les épaules et monte en selle sans répondre. Marco donne un coup de pied dans la clôture. «Les vacances commencent mal, sac à papier! Je veux Carriacou. C'est avec lui que je veux m'entraîner, bon!» Midi approche. Marco regarde son ombre, toute ratatinée à ses

pieds. Il mijote. Soudain, un sourire plisse ses yeux gris-vert.

Coton, un gros bouvier des Flandres, sort de sa niche en aboyant.

– Mets tes lunettes, Coton! C'est moi, gros tata!... Pourquoi tu jappes? Tu ne me reconnais pas? Tu as trop de poils dans les yeux! Entre, je vais te brosser.

La maison de ferme est ancienne. C'est l'arrière-grand-père Harvey qui l'a construite, comme la grange, avec son toit de tôle rouge en forme d'accent circonflexe. L'écurie, elle, est neuve de l'an dernier.

En entrant dans la cuisine, Coton s'allonge sur la céramique, pattes avant croisées.

– Tu ressembles à un tapis, mon pauvre vieux, avec ton poil cotonné! Il est temps de te faire tondre. Oui, oui, t'as bien compris, cesse de grogner. Je sais, sans ton manteau de fourrure gris, tu feras un peu tout nu, mais au moins, t'auras moins chaud.

Le chien de garde reste affalé. Ses yeux ovales fixent la porte du frigo.

– Ah non! Pas encore des trucs à faire! se lamente Marco.

Avant de partir ce matin, Mme Harvey a laissé ses instructions. Pour Florence : couper le gazon ; faire les lits ; préparer le repas du midi. Pour Marco : arroser les fleurs ; passer l'aspirateur ; ranger la vaisselle.

– Ils appellent ça des vacances ! Les mères, ça fait toujours travailler les enfants. C'est pas juste. Tu en as de la chance, toi, d'être un chien !... Coton, j'ai une idée.

Marco s'agite. Il disparaît en coup de vent dans les chambres et bardasse. Des tiroirs s'ouvrent, des portes claquent, l'aspirateur gronde.

Une heure plus tard, une odeur de sueur, de cheval et de poussière se répand dans la maison. Voilà Florence. En douce, Marco fait sortir le chien. Flo va à sa chambre enfiler des jeans propres.

Son frère, l'air mystérieux, se glisse à table. Il ricane, le nez dans sa soupe à l'alphabet. Florence tire une chaise.

– Qu'est-ce qui se passe, Marco Harvey ? Tu as fait mon lit !

– Eh bien oui... Hi ! Hi !

– Et tu as fait chauffer la soupe !

– Comme tu vois...

– Tu ne serais pas malade, par hasard ?

– Non...

– Tu couves quelque chose, toi !

– Moi ? Rien du tout.

– En tout cas, merci, je déteste faire les lits. Dis donc, as-tu examiné Hennebelle ce matin ? Son ventre est tellement gros qu'on dirait qu'il va éclater. D'après moi, elle accouche cette semaine. Ton poulain s'en vient, Marco. Tu vas enfin l'avoir, ton cheval à toi !

Marco garde la tête basse, le nez dans son assiette creuse. Il ne mange pas. Il joue dans sa soupe. Avec sa cuillère, il crée des remous. Toutes les lettres tourbillonnent dans le bouillon.

– As-tu trouvé un nom pour ton poulain, au moins ?

– J'en ai trouvé un super beau mais j'attends de voir la binette du petit avant de me décider.

– Dis-le moi, Marco ! Je te promets de garder ton secret.

– Encore une de tes promesses ! Si je te dis le nom que j'ai choisi... vas-tu me prêter Carriacou ? Je suis un gentil petit frère, pas vrai ! J'ai fait toutes tes corvées excepté passer la tondeuse !

Florence ne bronche pas. Le zzzzzzzzz d'une grosse mouche à vache meuble le vide. Marco se tortille comme une chenille sur sa chaise. Son aînée ouvre enfin la bouche :

– Non. Je ne peux pas. C'est mon cheval à moi. Il n'obéit qu'à moi. Pour te dire la vérité, je ne veux pas qu'il prenne de mauvaises habitudes avec toi.

– Pourquoi tu ne veux jamais ? gémit Marco.

– Parce que...

– Parce que quoi ? Je ne le mangerai pas, ton cheval !

– Non, j'ai dit. Tu vas en avoir un à toi bientôt.

– Un poulain ! Je ne pourrai pas le monter avant deux ans ! C'est pas juste. T'es la soeur la moins fine de toute la terre ! Si c'est comme ça, quand j'aurai mon cheval, je ne te laisserai même pas le regarder. Maman devrait te vendre, Florence Harvey. J'en veux plus de soeur comme toi. Tu es méchante. Tu es moche. Et tu n'as même pas de seins !

– Oui, j'en ai si tu veux savoir.

– Ça ? On dirait plutôt des cerises !

– C'est pas vrai !

Marco prend l'assiette à soupe des deux mains. Florence se lève, s'attendant au pire, recule... Son frère porte l'assiette à ses lèvres, boit le jus, puis, l'air triomphant :

– Tiens, dit-il, c'est tout ce que tu mérites.

Tournant l'assiette à soupe, il la flanque sous les yeux de sa soeur.

Sur le bord plat, avec les lettres, il a écrit : **É G O Ï S T E**.

Chapitre 2
Qui a fait un coup pareil?

Une brume chaude flotte encore au-dessus des champs et le soleil d'été l'avale à petites gorgées. Il est six heures trente du matin. Florence est déjà levée. C'est son jour de travail à l'écurie.

Mal réveillée, courbatue, la grande fille entre dans le bâtiment pour nourrir les chevaux, son chien sur les talons.

Hier, la jeune écuyère a trop poussé son cheval. Elle tentait de suivre le rythme de Nadia, sa grande amie venue s'entraîner avec elle dans l'enclos. Nadia est un bourreau de travail. Elle n'arrête jamais.

Malgré l'entraînement, Flo est déçue. Avec son cheval, elle ne forme pas encore un vrai duo. Quand l'animal porte les oreilles en arrière, ce n'est pas bon signe. Et Carriacou fait ça tout le temps. « Il faut que je travaille deux heures de plus aujourd'hui, se dit-elle. Sinon, j'aurai l'air d'une tarte le jour de la compétition. »

Les chevaux hennissent et allongent le cou dans l'allée centrale. C'est la fête. Les bêtes savent que leur petit déjeuner arrive. Si elles pouvaient parler, elles diraient : « J'ai faim, j'ai faim, à moi, à moi, dépêche-toi, Florence ! »

La jeune propriétaire va d'un box à l'autre, distribuant les galettes de foin. Deux pour le cheval bai, trois pour son voisin et quatre pour Hennebelle, la grosse maman. Le nom de chacun est écrit en lettres noires sur une plaque clouée à la porte.

Devant l'espace réservé à Carriacou, Florence hésite. Le tas de foin qu'elle tient dans les bras lui pique le visage. « Qu'est-ce que je devrais faire ? se dit-elle. Donner deux galettes à mon préféré, ou trois ? »

– Va pour trois, dit-elle tout haut. Il aura besoin d'une bonne dose d'énergie.

Au moment de faire basculer la ration dans le box, Florence fige sur place. Le paquet de foin lui tombe des mains. Son coeur cogne un grand coup.

Le box de Carriacou est vide! Vide et verrouillé.

– Coton! Merde! Où est passé mon cheval?

Le chien lève le museau, bouge sa courte queue, et ouvre la gueule bêtement.

Florence cherche partout. Pas de cheval nulle part. Ni dans le manège intérieur, ni dans le hangar à rangement, ni dans les champs, ni près du potager, ni sur la route.

– Voyons, Coton, dis-moi que je rêve! Parle, jappe, fais quelque chose!

Le gros chien la regarde sans comprendre. Sa petite maîtresse a les larmes au bord du coeur. Affolée, elle s'élance vers la maison en pleurant comme une madeleine:

– Au secours! Aidez-moi! Carriacou a disparu! Quelqu'un a volé mon cheval! Il était dans son box hier soir! Le verrou était bien fermé. C'est épouvantable!

– Flo? De quoi parles-tu? s'inquiète Mme Harvey. Qui a volé quoi? Je ne comprends rien à ton charabia. Calme-toi, et redis-moi tout ça clairement.

Alerté par les cris de sa soeur, Marco déboule dans la cuisine.

– Qu'est-ce qui se passe?

Florence l'apostrophe.

– Qu'est-ce que tu as fait de mon cheval, toi?

– Hé! lâche-moi!... J'ai pas touché à ta picouille.

– Carriacou, une picouille!

– Ton percheron, si tu préfères.

– Ce n'est pas un percheron, espèce de... Tu n'es qu'un... qu'un jaloux. Je parie que tu l'as caché pour te venger. Hein? Où l'as-tu mis?

– Ben, en fait... je l'ai fait entrer dans ma chambre!... Il a dormi avec moi! Dans mon lit! Hi! Hi!

– Maman, dis-lui d'arrêter... sinon, je l'étripe. Quelqu'un a volé mon cheval. Pourquoi le mien, et pourquoi...

Mme Harvey l'interrompt.

– Assez, les enfants! Écoute, Flo, tu sais bien que Carriacou n'est pas loin. Un cheval, ça ne disparaît pas comme ça! Le chien n'a même pas aboyé cette nuit.

– C'est pourtant vrai! dit Florence. Où était Coton?

Marco blêmit, baisse le nez. Sa soeur s'en aperçoit.

– Dis donc, escogriffe, ça ne serait pas toi, le coupable?

– Escogriffe toi-même.

– Viens ici, Marc-André, ordonne la mère.

Marco s'approche. Il n'en mène pas large.

– Qu'as-tu à dire ? Où était le chien, la nuit dernière ?

– Euh… eh bien, il était… dans ma chambre. Mais ce n'est pas moi qui l'ai fait entrer. Il est venu tout seul. Je le jure !

– Tu vas me payer ça, siffle Florence. Jamais, jamais, tu entends, je ne te prêterai Carriacou.

– Qu'est-ce que ça changera ? Tu ne le prêtes jamais à personne. Égoïste !

– Suffit, Marco ! Va avertir ton père de la disparition. Il est à l'étable. Puis regarde partout près des bâtiments et reviens ici. Tu passeras la journée dans ta chambre. Tu sais que c'est interdit de faire entrer le chien dans la maison.

– Il est venu tout seul, bougonne Marco en sortant. C'est pas juste !

Flo a un regain d'espoir. Ses yeux bleus s'allument. Peut-être qu'elle n'a pas fouillé partout. Peut-être que Carriacou s'est caché derrière le gros tas de fumier au bout du champ d'orge. Peut-être qu'il broute de l'herbe sur le terrain du voisin.

Peu de temps après, Marc-André revient dans la cuisine. Penaud, un peu triste, même. Il n'est plus fâché contre sa soeur. Au contraire, le voilà inquiet. Ni M. Harvey ni le garçon d'écurie ne savent où est le cheval.

– Flo a raison, maman, Carriacou est parti. Papa ne le trouve pas, et Laurent non plus.

Le teint blanc de Florence devient encore plus blanc.

– Il est peut-être mort! dit le petit frère.

– Ah toi! Je te défends de dire ça! Si tu n'avais pas enfermé Coton, rien de tout cela ne serait arrivé.

M. Harvey s'amène. Sa petite enquête n'a donné aucun résultat.

– Un cheval qui disparaît! Je n'ai jamais vu ça. Qui a fermé l'écurie, hier soir?

– C'est moi, papa, dit Florence. Et je suis certaine que Carriacou était dans son box. Je lui ai même donné une carotte.

– Bon. Pas de panique. Cet animal-là est sûrement quelque part dans les parages. Marco! Saute sur ta bicyclette et va fouiner du côté de l'ancienne route du village.

«Chouette!» se dit Marco, tout content d'échapper à la punition de sa mère.

— Et toi, Florence, appelle la police. Moi, je ferai le tour des rangs avec la fourgonnette. C'est incroyable! On n'a jamais eu de vol à la ferme. Il n'y a pas à dire, les temps changent.

Malgré la grosse boule qui lui serre la gorge, Florence décroche le téléphone. Marco s'approche d'elle, tout chose.

S'il fallait que Carriacou ne revienne plus jamais, ce serait effrayant. J'aurais de la peine, moi aussi. Parce qu'elle est fine, au fond, ma soeur. À l'école, elle me défend quand des nonos veulent me taper dessus. J'aime pas ça, quand elle a le coeur gros.

Marco se fait mignon et se colle tout contre sa soeur.

— Veux-tu que je compose le numéro pour toi?

Florence fait oui d'un signe de tête.

— Mais c'est toi qui parles, d'accord! Je reste à côté de toi, pour t'aider. Tu sais, j'ai réfléchi. Il n'est pas du tout mort, ton cheval. Ça doit être une sorte de rayon laser qui le rend invisible!

— Marco, charrie pas!

— D'accord, mais on ne sait pas ce qui se

passe dans la tête d'un cheval. Ça fait des fugues aussi, les chevaux! Peut-être qu'il avait trop chaud dans l'écurie! Un cheval, ça ne doit pas aimer ça, vivre toujours enfermé! Tu trouves pas qu'un box, ça ressemble un peu à une prison?

– Pourtant, je le traite bien, Carriacou. Je le sors tous les jours. Je ne le fais pas trop travailler. Pourquoi il se sauverait? Il est bien, ici!

– C'est dur de deviner ce qu'il pense. Il a dû vouloir vivre en liberté. Comme son ancêtre.

– Quel ancêtre?

– Tu sais, son ancêtre d'il y a très très longtemps... Celui qui n'était pas plus gros qu'un renard et qui vivait en forêt. Grand-papa l'appelait un néopuce. Tu te souviens?

– Un *eohippus*, Marco.

– C'est ce que j'ai dit, tiens!

– Tu as peut-être raison. Carriacou a eu envie de retourner vivre dans le bois. C'est ça! Cours au village, s'il te plaît. En chemin, demande à Nadia d'aller voir du côté de l'érablière. Arrête aussi chez Sébastien et dis-lui de longer la rivière. Moi, je chercherai près du boisé.

Marco compose le numéro de la police et part comme une balle.

****

Deux heures plus tard, montée sur Grenade, Florence galope vers la ferme. Elle n'a pas trouvé la moindre trace de Carriacou. Tous les autres chevaux de l'élevage, à part les juments enceintes, gambadent dans les champs des alentours. Malheureusement, son beau quarter horse n'est pas du lot.

Après sa ronde, Marco a ramené les amis à la maison. Ils attendent, assis sur la table de pique-nique.

– Est-ce que quelqu'un l'a trouvé ? s'informe Florence en mettant pied à terre.

– Non, dit Marco. Personne ne l'a vu.

Jennifer, la cousine, saute au cou de Florence.

– Pauvre toi ! T'as vraiment pas de chance. On va l'attraper, ton cheval. Tu vois, j'ai apporté mon lasso.

Marco et son ami Kiwi se moquent de la cousine excentrique. Comme toujours, elle porte son costume de rodéo : chapeau de cowboy, foulard noué autour du cou et bottes pointues. À onze ans, Jennifer rêve de conduire des troupeaux dans les grandes plaines. Le problème, c'est que son père n'élève que des moutons sans grand pâturage !

— Vous souvenez-vous de notre pouliche ? dit Jennifer. L'an dernier, elle s'est sauvée comme Carriacou.

— Et puis, qu'est-ce qui est arrivé ? demande Kiwi.

— Euh... elle s'est fait frapper par un camion !

— T'es pas rassurante, la cousine ! fait Florence en levant les yeux au ciel.

— Mon père dit qu'il y a des voleurs qui font le trafic des chevaux de race, renchérit Nadia. Ils les revendent aux États-Unis.

Florence blêmit.

— Voyons donc ! Personne ne fait des choses pareilles ici, dit Jennifer.

— Il paraît, ajoute Sébastien, qui habite au bout du rang, que souvent les chevaux volés sont vendus aux boucheries chevalines.

Florence n'en peut plus.

— Tais-toi, Sébastien ! C'est pas parce que ton père est propriétaire d'un abattoir qu'il faut imaginer des horreurs semblables. Taisez-vous ! Arrêtez de me faire peur. Mon cheval est vivant. Je le sais. Aidez-moi, citron, au lieu de me décourager.

– Écoute, Flo, dit le grand Sébastien pour se faire pardonner, j'ai peut-être une piste. J'ai entendu dire que des squatters se sont installés dans le camp de chasse du vieux Omer. On devrait aller voir ce qu'ils fricotent.

– C'est quoi, des squatters? demande Marco.

– Des gens qui n'ont pas de domicile. Ils couchent dans les maisons vides, sans payer.

– Et alors? Si la maison est vide, qu'est-ce que ça peut faire s'ils ne paient pas?

– Le propriétaire n'aime pas ça, dit Kiwi. Il ne gagne pas d'argent.

– J'aimerais y aller aussi, dit Nadia, mais c'est trop loin, chez Omer. Faut que je m'entraîne... parce que, si je ne m'entraîne pas, ma mère...

Nadia la douce, Nadia la gentille baisse la tête. Ses cheveux coupés au carré cachent la petite veine qui palpite dans son cou. Comme gênée, elle continue :

– Ça me crève le coeur, Flo, de te laisser tomber. Mais je ne peux pas, je ne peux vraiment pas...

– Moi, j'y vais, dit Kiwi... si Marco me prête un cheval.

– Tu devrais venir avec nous, Nadia, insiste Marco.

– C'est impossible, je te dis.

– J'ai besoin de toi, ajoute Flo, je veux que tu viennes.

– Je ne peux pas, tu le sais très bien. Mes parents m'ont inscrite au concours régional à la condition que je gagne, là!

– Ils sont bien bizarres, tes parents! dit Marco.

– Faut que je gagne, il paraît, pour faire de la publicité à notre école d'équitation. Et je sais bien que je ne suis pas championne.

– Tu devrais venir quand même, reprend Marco, puisque, de toute façon, c'est Carriacou qui va gagner. Avec moi comme cavalier, pas vrai, Florence?

– Tu sautes quelle hauteur? demande Nadia.

– Un mètre et demi, répond-il en mentant un peu.

Florence ne bronche pas.

– Tu laisserais ton frère courir avec ton cheval?

Marco, fier de son audace, ouvre grand les oreilles.

Oh seigneur, faites que ma soeur dise oui devant tout le monde! S'il vous plaît, s'il vous plaît! Ça voudrait dire que je pourrais m'entraîner avec Carriacou et que je gagnerais. Dis oui, dis oui, Flo!

– Oui, laisse échapper Florence... si on le retrouve, évidemment.

Marco exulte. Il dévore sa soeur des yeux et tape un clin d'oeil à Kiwi.

– Faut que je me sauve, Flo, s'excuse Nadia. J'en rêve la nuit de ce maudit concours. Téléphone-moi dès qu'il y aura du nouveau. Tu ne m'en veux pas, hein?

– Eh non! Je ne comprends pas tes parents, mais je t'aime quand même.

Avec un air de bête traquée, Nadia enfourche sa bicyclette; elle hésite, puis, d'un brusque coup de pédale, s'enfuit.

– Je m'occupe de choisir des chevaux pour tout le monde, dit Florence. Marco, sors les harnachements.

Dans la sellerie, on distribue les tapis de selle, les brides et les sangles.

Devant l'écurie, les chevaux sellés piaffent en attendant le signal du départ. Kiwi, neuf ans, n'est pas très expérimenté. Ses parents n'ont pas de chevaux, ni d'argent, d'ailleurs. Leur fils n'a même pas de planche à roulettes.

– Tout le monde est prêt ? demande Sébastien.

– Oui, dit Kiwi en se cramponnant au pommeau de sa selle western.

Jennifer fait siffler son lasso.

– À part les piquets de clôture, Jennifer, penses-tu attraper quelque chose ? dit Sébastien en riant aux éclats.

– Tu te crois bien drôle, le grand Sébas, hein !

– Il a quel âge, au juste, Carriacou ? demande Kiwi.

– Quatre ans. Il est né le 14 mai. Ça veut dire qu'on va vivre ensemble encore vingt-cinq ans, dit Florence.

– Je me souviens du jour de sa naissance, dit Sébastien. Il pleuvait et tu avais quitté l'école sans permission pendant la récréation.

– Citron que je m'en souviens ! Quand je suis arrivée à l'écurie, il était déjà né. J'ai fait une de ces crises !

– C'était pas juste ! Ma soeur aurait dû avoir congé d'école, ce jour-là.

– Pour une fois, t'as raison, Marco Harvey. J'en veux encore à maman de ne pas m'avoir permis de rester à la maison. C'était quand même pas un jour ordinaire, celui de la naissance de mon cheval!

– Bon alors, on y va ou on n'y va pas, s'impatiente Marco.

– Attendez une minute, crie Florence, il faut que j'éteigne les lumières de la sellerie.

– Branche les ventilateurs aussi pour que Hennebelle et l'autre jument n'aient pas trop chaud, Flo!

– D'accord.

Dans l'écurie, les deux futures mamans font des pffrrouitt et autres bruits de babines en entendant entrer la jeune maîtresse.

– Tranquilles, les filles! C'est pas l'heure de la collation!

Florence éteint.

Puis, tout à coup, dans le clair-obscur, au milieu de l'allée bétonnée qui sépare les trente-six box, une ombre s'avance. Clip! Clop! Clap! Des fers résonnent sur le ciment.

Clip! Clop! Clap! Un cheval marche pesamment en secouant la tête de haut en bas.

– D'où sort-il, celui-là?

Clip! Clop! Clap!

Florence marche à petits pas vers l'animal. Elle passe devant le box de Carriacou. Vide.

Clip! Clop! Clap!

Flo et la bête sont maintenant face à face, à un mètre de distance. Le cheval s'arrête, encolure baissée. Doucement, Flo étend la main. Elle touche l'animal.

– Mon Dieu! dit-elle tout haut.

Malgré le peu de lumière, elle distingue la tache blanche sur le front de l'animal. C'est lui! Flo flatte le chanfrein. Il n'y a plus de doute. C'est Carriacou.

– Mais où étais-tu parti, grosse bête? Tu m'en as fait toute une frousse! Hé! la gang, venez vite! Marcooooo, Marcooooo!

Toute la bande accourt dans l'écurie.

– Mais par où a-t-il bien pu passer? dit Sébastien. On était tous dehors, devant la porte!

– Pas sorcier. Il est entré par la porte arrière, répond Jennifer.

– Regarde, Flo, Carriacou a perdu un fer, observe Marco. C'est la faute au voleur.

– Si c'est un voleur, pourquoi a-t-il ramené le cheval? continue Sébastien.

28

– Même la porte coulissante est fermée, ajoute Kiwi.

« Qui donc a pu faire un coup pareil ? » se demande Florence.

Chapitre 3

Une ombre dans la prairie

C'est la nuit. Marco est dans sa chambre. Il chante doucement. Un peu faux. Puis il se tait.

Je suis bien content. Ma soeur et moi, on est redevenus amis. Et puis Carriacou est de retour dans la famille. Kiwi, lui, pense qu'on a une ferme hantée. Mais, moi, je n'y crois pas, aux fantômes. Je suis sûr que ça n'existe pas. Ces histoires sont inventées pour faire peur aux enfants. N'empêche que la disparition du cheval de ma soeur, c'est un mystère...

Silencieux comme une souris, Marco se pointe le bout du nez dans la chambre de Florence. Elle non plus ne dort pas.

– T'es comme moi, hein soeurette, tu penses au voleur!

– Je ne peux pas penser au voleur, citron, on ne sait pas qui c'est.

– Alors, tu penses à Sébastien! C'est ça, hein! Je t'ai vue cet après-midi. Tu le regardais d'un drôle d'air! Es-tu en amour avec lui?

– Arrête tes niaiseries, Marco. J'ai autre chose en tête. Veux-tu me dire comment Carriacou, tout seul, aurait pu ouvrir et fermer la porte de l'écurie? Il y a sûrement quelqu'un qui manigance quelque chose de croche.

– Qu'est-ce qu'on fait si la personne croche revient cette nuit?

– On l'attend. Voilà!

– As-tu pensé que ça pourrait être quelqu'un d'autre qu'un voleur? Un magicien, par exemple! Un magicien qui pratique ses tours de magie! Il y a des prestitigi...

– Des prestidigitateurs.

– Des prestidi, comme tu dis, qui font disparaître des lions à Las Vegas, alors, pourquoi pas un cheval?

– Marco! Tu divagues! Mais j'ai un pressentiment. Je me sens toute bizarre... Pas toi?

32

– Moi? Non. Je suis juste content que l'école soit finie. Et j'ai hâte à demain matin. Je vais m'entraîner avec Carriacou.

– Marco, je te l'ai dit cent fois, c'est mieux pour Carriacou d'avoir un seul maître. Tu n'es pas raisonnable.

– C'est pas vrai. Tu as promis, Florence Harvey! Et devant tout le monde. Tu ne tiens pas tes promesses, encore une fois. Je suis aussi bon cavalier que toi, sac à papier! Meilleur même. Tu le sais, en plus!

– Laisse-moi tranquille. Tu auras ton propre cheval dans quelques jours, c'est pas la peine de prendre le mien.

– T'es pas fine! C'est un citron que t'as à la place du coeur, Florence Citron! Puisque c'est comme ça, je vais le dire à maman... pour toi et Sébastien!

– Y a rien à dire. Il ne me fait pas un pli sur la différence, Sébastien.

Furieux, Marco retourne à sa chambre. Florence, elle, se poste à la fenêtre. Toutes les lampes extérieures sont allumées. Coton, en bon chien de garde, est couché sur le seuil de l'écurie.

La nuit d'été est lourde d'humidité. De grosses gouttes de pluie s'écrasent dans la vitre. Chafouin, le nouveau chat à l'oreille mitée, ronronne. La petite fille s'allonge sur son lit, épiant le moindre bruit. Et puis, bien malgré elle, bercée par le ronron du minou, elle s'endort.

Un peu après minuit, elle s'éveille en sursaut. Impossible de dire ce qui l'a alertée. Assise toute droite dans son lit, elle écoute. Chafouin se fait les griffes sur le couvre-lit.

Soudain, un jappement. Puis Coton se met à aboyer comme un fou.

— Mon cheval!

En moins de cinq secondes, Flo est dans la chambre de son frère.

— Marco, réveille! Y a quelqu'un!

— Arrête de me taper dessus.

— Marco, s'il te plaît, viens voir ce qui se passe à l'écurie.

Marco se roule en boule et regimbe.

— Tu ne veux pas me prêter Carriacou, alors arrange-toi avec tes affaires.

— Marco, tu ne peux pas me faire ça. J'ai peur, toute seule. Viens, s'il te plaît. Si jamais le voleur s'attaquait à Hennebelle...

— Eh ben, que je le voie toucher à la mère de mon cheval, lui! J'arrive.

Frère et soeur, en t-shirt et petite culotte, filent vers l'écurie, Flo tenant sa lampe de poche, et Marco, sa batte de baseball.

Coton jappe à réveiller les pierres. Les jeunes se faufilent dans l'écurie plongée dans le noir.

– Il y a quelque chose de pas normal, Marco. T'as remarqué ? Tous les chevaux sont sur pattes, même Hennebelle. D'habitude, elle se couche, la nuit.

– Flo ! La porte du box de Carriacou est ouverte !

Effectivement. Le box est bel et bien vide. Carriacou a encore disparu. La preuve : un gros tas de crottes fraîches et luisantes dans l'allée.

– Ah ah ! Ça veut donc dire que le voleur n'est pas loin. Marco, vérifie à l'intérieur, moi, je cours dehors.

• Marc-André passe tous les box en revue, puis monte à l'étage. Il fouille le grenier à foin. Une couleuvre lui frôle les jambes. Il tressaute et va à la fenêtre. Sa soeur tourne autour des bâtiments.

– Flo ! j'ai trouvé ! Regarde, là, l'échelle !

– J'ai tout compris. Le voleur est entré par le grenier et est ressorti par la porte coulissante avec le cheval. Descends, Marco. Il y a des traces de pas et de sabots par ici.

– Arrête d'aboyer, Coton, dit une grosse voix.

– Papa!

– Voulez-vous bien me dire ce que vous faites debout en pleine nuit, vous deux?

– Carriacou a encore disparu! Regarde les traces, papa. Trois fers seulement! Et les chaussures du voleur ne sont pas plus grandes que les miennes, dit Florence.

– Ça parle au sorcier!

– En tout cas, c'est pas un fantôme, constate Marco. Ça ne laisse pas de traces de pas, un fantôme. Attends que je dise ça à Kiwi!

Minutieusement, les Harvey suivent les empreintes, qui disparaissent bientôt dans l'herbe. La pluie se remet à tomber.

– Rentrons, dit le père. On ne peut rien faire pour l'instant.

Florence fond en larmes.

– Qu'est-ce qu'on lui veut à mon cheval, papa?

– Je n'en ai aucune idée, ma grande. Viens. Rentre vite te sécher.

– Ça se pourrait que, cette fois, le voleur ne ramène pas Carriacou! ajoute Marco.

– Marco! Garde ce genre de réflexions pour toi, veux-tu!

Pendant ce temps, dans la prairie toute noire, une ombre galope à cru. Le cavalier, presque couché sur l'encolure du cheval, tient la crinière à pleines mains. Enveloppé par la nuit, il se fond dans les ténèbres et disparaît.

****

Angoissée par la perte de son cheval, Florence ne s'est endormie qu'aux premières lueurs de l'aube.

Ce matin-là, Marco a sauté sur ses pieds dès la sonnerie du réveil. Après avoir nourri quelques bêtes, le voilà qui entre en trombe dans la chambre de sa soeur.

– Flo, lève! Tout de suite!

La dormeuse s'enfonce encore plus dans son oreiller.

– Viens voir, je te dis.

La grande soeur rechigne.

– Je ne veux plus jamais me lever. La vie est trop plate.

– Viens, tu ne le regretteras pas.

– Laisse-moi. J'ai envie de rien. Si c'est si important que cela, tu n'as qu'à me le dire et me laisser dormir.

– Non, faut que tu viennes toi-même en personne.

Marco tire Florence de force hors de son lit et la traîne comme un boulet jusqu'à l'écurie. Il pousse sa soeur devant le box 5.

Florence se réveille tout à fait.

– Pince-moi, Marco. J'ai la berlue ou quoi?

– Tu es surprise, hein?

– Il est revenu, mais comment?

– Je ne sais pas!

Carriacou est là, debout et sans une égratignure. Il regarde sa maîtresse, qui n'en croit pas ses yeux.

– Marco! Y comprends-tu quelque chose?

– Non, Flo, et j'ai peur. Si on peut faire disparaître un cheval, penses-tu qu'on pourrait enlever des enfants?

– Le mieux c'est de chercher des indices. On va nettoyer le box de fond en comble, tu veux?

– C'est peut-être dangereux? Si jamais le voleur avait caché de la dynamite?

– C'est une écurie, Marco, pas une banque, voyons! Allez, grouille!

Florence se met à l'ouvrage. À grands coups de fourche, elle empile le foin, le crottin et la sciure de bois dans la brouette.

– Fouille dans les déchets avec le bâton, Marco.

– Ouache! Ça m'écoeure. Il y a plein de mouches bleues qui grouillent dans le caca. Et puis, on n'a pas besoin de chercher. Je sais, moi, qui c'est, ton voleur. C'est un savant qui fait des expériences avec ton cheval.

– Quelle sorte d'expériences? Tu regardes trop la télévision, toi!

– Ça doit être un chimiste qui injecte des drogues à Carriacou! Pour lui faire pousser des ailes, par exemple! Ça existe, des chevaux ailés. Je peux t'en montrer dans mon livre. Le savant vient chercher ton cheval, la nuit, puis l'amène dans son laboratoire caché dans la forêt...

– Ça suffit, Marco. Fouille, je te dis. Si tu trouves des seringues, c'est que tu as raison.

– Je suis obligé de fouiller?

– Regarde, Marco, là! Sur ma fourche. J'ai piqué un truc brillant. Prends-le.

– Avec quoi?

– Avec tes doigts, tiens.

– Mais les microbes!

– Ma parole, tu es pire qu'un gars de la ville! Tu te laveras les mains après, c'est tout.

La chose brillante est un étui de plastique transparent. Dedans, Florence découvre un carnet de notes écrites à la mine, dont quelques lignes seulement sont encore lisibles. En première page, un mot: PACHO.

– Qu'est-ce que ça veut dire? demande Marco.

– C'est un titre ou un nom, je suppose.

– Ou une recette pour faire des expériences!

– Il y a des mots français et des mots...

– Laisse-moi voir. C'est du latin. Je te l'avais dit, c'est un savant. Dans ma B.D., les savants écrivent toujours leurs formules en latin.

– C'est de l'espagnol ou de l'italien, finfin. Ça ne peut pas être un savant, Marco. Regarde, c'est pas de l'écriture en pattes de mouche, ça!

Assis par terre dans un coin du box, le frère et la soeur tentent de déchiffrer les mots.

AHORA....

.... JE M'ENNUIE DE TOI DEPUIS QU'ILS......
COMME UN VOLEUR.... ¿DÓNDE ESTÁ...
C'EST TOI QUE J'AIME LE PLUS AU MONDE

.... PAS DE MAL
JE TE PROMETS DE TOUT FAIRE POUR VENIR
TE CHERCHER
JE M'EN FOUS DE CE QU'ILS DISENT
.... ENLÈVEMENT............. PACHO..... ¿QUE
PUEDES...
MAIS, SI TU M'OUBLIES, JE NE SAIS PAS CE.....

Florence se ronge l'ongle du pouce jusqu'au sang.

– Carriacou est en danger, Marco. C'est clair comme de l'eau de roche. Il faut passer à l'action.

Marc-André regarde sa soeur du coin de l'oeil. « Je sens que ça va barder, se dit-il. Quand elle fait cette tête-là, faut attacher sa tuque ! »

– Marco, appelle la gang. Sébastien avait raison. Le seul endroit qu'on n'a pas visité, c'est le camp d'Omer. Il n'a qu'à bien se tenir, ton savant !

Chapitre 4
La traversée de l'étang

– Laurent! Laurent! Où es-tu?

– Dans le box 34, Florence.

– Tous mes amis sont arrivés, Laurent. On part en randonnée. Je te confie Carriacou. Me promets-tu de rester dans l'écurie jusqu'à mon retour?

– Ne t'inquiète pas de ton chouchou. Personne n'y touchera. Ton père m'a demandé de contrôler toutes les allées et venues.

– Flo, tu arrives ou quoi? crie Nadia. Tout le monde t'attend dans l'enclos.

Florence, survoltée, grimpe sur le dos de Grenade, plus fringant que jamais. Nerveux, le cheval gris pommelé multiplie les ruades. Tant bien que mal, Florence se soude à l'animal et lui impose son autorité.

– Vas-y, Marco! Ouvre la barrière! Il y en a qui vont voir de quel bois je me chauffe! hurle-t-elle.

Marco ouvre la barrière. La troupe s'élance à bride abattue dans le pré.

– Hé! Attendez-moi! crie Marco en refermant derrière lui.

Personne ne l'écoute. Le groupe a déjà plusieurs longueurs d'avance. «Tant pis, se dit-il, j'ai une bonne surprise pour ces niaiseux qui me laissent derrière comme un cornichon.»

Le garçon, monté sur un cheval de couleur isabelle, bifurque vers le raccourci. «Ça leur apprendra, sac à papier, je vais sauter le fossé.»

Ce sera une première pour l'écuyer.

Le fossé est rempli d'eau en cette saison. Des flaques qui brillent dans le soleil, ça effraie les chevaux. Marco le sait.

Le fossé approche. Plissant les yeux, le cavalier colle ses jambes aux flancs de sa monture jaune pâle. Il serre les genoux. Plus que trois foulées avant l'obstacle. Il est encore temps de reculer.

Non! Marco fonce, courbé sur l'animal. Le fossé est là, droit devant.

Plein d'allant, le cheval remonte les pattes avant, s'étire comme un élastique, plane deux secondes au-dessus du vide et retombe sur ses quatre fers. Un saut parfait. Incroyable.

Sans reprendre son souffle, debout dans les étriers, Marco poursuit sa chevauchée. Suant autant que la bête, il débouche, fin seul, au bord de l'étang. Personne ne l'y attend.

Le garçon bouillonne de rage et tourne en rond, cherchant des traces de ses amis.

Une minute plus tard, un roulement sourd de sabots parvient à ses oreilles. Florence en tête, la troupe de jeunes cowboys surgit du sentier et stoppe devant son frère.

– T'es déjà là, toi!

– Eh oui! Je vous attends depuis au moins cinq minutes!

– Impossible, il n'y a pas d'autre chemin pour venir ici. Ne me dis pas que tu as sauté le fossé!

– Ouais!

– Eh ben! Tu as du nerf, frérot! Chapeau!

Nadia, de son côté, a un pincement au coeur. Le petit chenapan a plus de cran qu'elle ne croyait. Si Florence accepte de prêter Carriacou à son frère, Nadia voit ses chances de remporter le premier prix fondre à vue d'oeil. Elle ronge son frein.

– Quel est le meilleur chemin, Sébas, pour aller au camp d'Omer? demande Florence.

– C'est plus court de traverser l'étang et de prendre le sentier des bûcherons.

– On ne risque pas de tomber face à face avec les squatters?

– Je ne crois pas. L'homme qui a été vu au village passe par le chemin de la carrière.

– Allons-y, crie Florence, tout le monde dans la flotte!

Bien en selle sur Grenade, jambes levées très haut, elle s'enfonce en eau profonde. Sébastien, Marco et Jennifer la suivent.

– Qu'est-ce que tu attends, Kiwi? dit Marco. Arrive! T'inquiète pas, tous les chevaux savent nager.

– ...

Kiwi n'a pas confiance. Il préfère nager à côté de l'animal plutôt que de rester assis dessus. Le garçon retire sa chemise et son pantalon, qu'il glisse dans la sacoche à l'arrière de la selle.

– Nadia, viens, toi aussi, crie Florence depuis l'autre rive.

– Je retourne à la maison. Je suis sûre que vous pouvez vous débrouiller sans moi. Je t'expliquerai ce soir, d'accord?

– Lâcheuse! Ma meilleure amie est une lâcheuse!

Nadia, déchirée, rebrousse chemin en envoyant mollement la main à sa copine déçue.

Kiwi se jette à l'eau. Tout frissonnant, il traverse l'étang en tenant son cheval par la bride. Sitôt qu'il a mis les pieds sur la terre ferme, ses copains se tordent de rire.

– Non, mais regarde-toi, Kiwi! Ouache! hurle Marco en pointant du doigt les jambes et le dos du nageur.

– Quoi, qu'est-ce que j'ai?

Kiwi s'examine. Son corps est couvert de sangsues.

– Ahhhh!... maman!... aidez-moi... débarrassez-moi de ça!

Il agite les bras et les jambes et ne sait plus où se mettre.

– Au secours! Elles vont me sucer tout mon sang!

– Donne-leur des pichenettes, dit Marco, hilare.

Kiwi pichenouille une sangsue agrippée à son genou. La bestiole se recroqueville. À la deuxième pichenette, la boule de chair se pelotonne encore plus. À la troisième, la sangsue se détache. Une gouttelette de sang perle sur la rotule du garçon.

– Arrête de rire, Marco, ou on n'est plus amis. S'il te plaît, enlève-les de mon dos.

– Je ne sais pas comment!

Florence, un peu dégoûtée, s'approche et tire... sans conviction.

– Elles ne veulent pas décoller, Kiwi.

– C'est parce qu'elles t'aiment, les sangsues, Kiwi, ricane Marco.

– Il paraît qu'elles ont trois mâchoires! Avec des dents! renchérit Sébastien.

– Ah! j'ai peur... enlevez-les, maudit!

– Qui a des allumettes? demande Jennifer. Quand on chatouille les sangsues avec la flamme, elles lâchent prise, à ce qu'il paraît.

Kiwi hurle.

– Non... non, je ne veux pas. Je vous connais, vous allez me brûler.

Sébastien fouille dans sa boîte à lunch. Si sa mère lui a fait un sandwich aux tomates, c'est sûr qu'elle a mis la salière.

– Du calme, du calme, dit-il en salant le dos de Kiwi comme si c'était une morue.

Les bestioles se tortillent.

– Et alors, ça marche? s'inquiète Kiwi.

– Oui, oui, dit Marco en riant aux éclats. Pourquoi on fait pas un concours? Celui qui mange le plus de sangsues salées gagne vingt-cinq cents!

– Vous êtes vraiment pas drôles, vous autres. Je n'ai plus du tout envie d'aller en forêt avec vous.

– Bien sûr que tu viens, Kiwiwi, coupe Jennifer. C'est ton initiation de cowboy, pas vrai, la gang!

Chapitre 5

L'homme aux cheveux blancs

À la ferme des Harvey, une voiture de patrouille est garée dans l'entrée. Flanqué de deux policiers, M. Harvey fait visiter le lieu du «crime».

– Voulez-vous déposer une plainte pour vol, monsieur?

– Pour vol à répétition, vous voulez dire! Je suis bien embêté, monsieur l'agent. Carriacou disparaît un jour puis reparaît le lendemain. J'ai l'air d'un hurluberlu quand je vous appelle. Par contre, j'ai une photo du cheval, avec sa description.

– Si ce cheval disparaît encore, on affichera sa photo dans tous les clubs équestres et les élevages des environs.

– C'est inquiétant, vous savez, d'apprendre que n'importe qui peut s'introduire chez nous à notre insu.

– Vous soupçonnez quelqu'un?

– Personne. Une véritable énigme. Nous avons prévenu tous les fermiers des alentours.

– Bien étrange, cette histoire. Les gars du poste sont tous au courant. Prévenez-nous dès qu'il y a de nouveaux développements. Bonne chance, M. Harvey.

– Tout ce que je souhaite, c'est que Carriacou ne bouge plus d'ici et soit présent à la compétition de samedi.

****

En bordure de la forêt, les cavaliers mènent les chevaux au pas dans la broussaille jusqu'à la route de terre battue. Arrivés au sentier des bûcherons, ils passent au trot et s'enfoncent dans le bois.

– J'ai faim, se lamente Jennifer au bout d'un moment. Est-ce qu'on peut manger maintenant?

La bande s'arrête.

– Tu as toujours faim, réplique

Sébastien. Tes parents ne te nourrissent pas? Tiens, ça tombe bien, il y a un porc-épic juste derrière toi.

– Ça se mange?

– Tu ne le savais pas? Et c'est facile à tuer avec un bâton. Veux-tu que je te fasse un sandwich?

– Laisse faire, je préfère mon lunch.

– Quelqu'un a vu des traces de sabots? s'enquiert Florence.

– Non, répond Sébastien, seulement des crottes de chevreuil.

– Carriacou ne peut pas être venu aussi loin, dit Marco. On devrait retourner à la maison. Il y a peut-être des coyotes par ici.

– Du calme, bonhomme, les coyotes mangent des rongeurs, pas des petits gars comme toi.

– Niaiseux! Est-ce que j'ai dit que j'avais peur?

La forêt est vivante. Un colibri bourdonne. Un jaseur soupire après une femelle tandis que le vent se promène dans les branches hautes. Tous les troncs d'arbres se tiennent raides comme des soldats au garde-à-vous. Marco a l'impression qu'un cormier le fixe droit dans les yeux.

Pourquoi il me regarde, cet arbre, avec ses deux yeux ronds et sa bouche grande ouverte ? Je ne lui ai rien fait ! Il se prend pour qui, lui ?

– Hé, vous autres, pensez-vous qu'un voleur est capable de se changer en arbre ?

– Ça peut arriver ! répond Kiwi.

Du coup, Marco jurerait que les arbres se sont mis à marcher dans sa direction. Une branche lui racle le cou.

– Ahhhhh !

– Qu'est-ce qui t'arrive encore, Marco ? s'impatiente Florence.

– Vous avez pas entendu ?

– C'est un pic. T'as quand même pas peur d'un pic ! Écoute.

La forêt est chargée de bruits singuliers. Les coups de bec résonnent comme ceux d'un marteau piqueur.

– Je suis sûre que c'est un grand pic, dit Jennifer. Quand il entaille les arbres, il picote toujours trente-deux coups de suite.

– Comment le sais-tu ? Ils sont trop rapides pour qu'on puisse les compter !

– Tout le monde sait ça, voyons !

Soudain, un craquement inusité attire l'attention des jeunes.

– Qu'est-ce que c'est ? chuchote Marco.

– Chut!

Ça craque à nouveau. Le bruit vient de la gauche.

– On dirait quelqu'un qui marche dans le bois, dit Marco.

Les amis ne bougent pas. Les chevaux s'impatientent. Comme rien ne se produit, la troupe se remet en branle mais stoppe presque aussitôt. Dans le bocage, une forme indéfinie s'agite. Sans bruit, les cavaliers descendent de cheval et se dissimulent derrière un rocher.

– C'est une vraie personne ! souffle Marco.

La forme humaine, recouverte d'un voile de mousseline blanche, s'affaire auprès de minuscules cabanes de bois étagées.

Des feuilles séchées bruissent. Un tamia rayé ramasse des noyaux.

– Ça m'a tout l'air d'une ruche, murmure Florence.

– Si c'est le voleur déguisé, il pourrait ordonner aux abeilles de nous attaquer, non ? dit Marco.

– Chut ! Comment deviner si c'est un gars ou une fille ? Ah je sais, j'ai une bonne idée. Vous êtes prêts ?

Florence prend une grande inspiration et, du fin fond de ses poumons, crie : PACHOOOO!

La forme pivote, arrache son voile d'un coup sec et regarde vivement de tous les côtés.

– Qui est là ?

Les jeunes ne bronchent pas.

Marco, plus curieux que les autres, s'étire le cou. Le jeune apiculteur l'aperçoit et détale comme un lapin.

– Pourquoi il s'est sauvé ? dit Kiwi.

– Il a quelque chose à se reprocher, ce gars, c'est évident ! affirme Marco.

– Vous ne trouvez pas que ça sent le feu ? observe Jennifer.

– Omer a un poêle à bois dans sa cabane. On doit être tout près et le «Pacho» en question s'est sauvé de ce côté-là, dit Sébastien.

Au même instant, une voix d'homme retentit :

– Françoooiiis! François!

– C'est clair, il y a plusieurs voleurs professionnels ici. Ils doivent marquer les chevaux volés au fer rouge, dit Marco.

– Ils doivent être armés, en plus, ajoute Kiwi.

La remarque de Kiwi fait son effet. Les jeunes hésitent à avancer. Seule Florence veut poursuivre. Peu importent les dangers. Il n'est pas question que son Carriacou disparaisse à nouveau.

– Qui vient avec moi jusqu'à la cabane?

– Moi, dit Sébastien. Mais on y va à pied.

– Moi, je surveille les chevaux, dit Marco.

– Moi, je reste avec mon ami, dit Kiwi.

– Moi aussi, dit Jennifer.

– On devrait enlever nos bottes, suggère Sébastien. Pour étouffer les bruits de pas. Prends ta cravache, Flo.

Les deux amis s'éloignent sur la pointe des pieds. L'odeur de feu de bois est de plus en plus présente.

– Il y a une belle talle de framboises par ici, dit Sébastien.

– Laisse faire les framboises, toi!

– Hé! Flo... sur ta droite... par terre... là... un tas de fumier.

Florence examine les pommes de route séchées.

– Hum... c'est pas d'aujourd'hui, mais il y a un cheval dans les parages. Peut-être que Carriacou a été amené jusqu'ici.

Une bouffée de rouge lui monte au visage.

Au détour du sentier, le coin d'une maison en bois rond apparaît. La cheminée fume malgré la chaleur de l'été. Du linge sèche sur une corde suspendue entre deux arbres.

La voix d'homme retentit encore.

– François! Je t'ai dit de ne pas t'éloigner. François, viens ici, tu m'entends!

Pour ne pas être repérés, les deux jeunes intrépides empruntent le ruisseau. L'eau glacée leur bleuit les chevilles. Un héron s'élève dans les airs en tenant une grenouille dans son bec.

– Contournons la maison. Ils doivent garder les chevaux de l'autre côté. Tiens! Là! Encore du crottin. Ah mon Dieu! Un fer! Pareil à celui de Carriacou!

– On devrait revenir avec ton père, ou avec la police, tu ne penses pas, Flo?

– Non, suis-moi. Il nous faut des preuves.

Soudain, Sébastien fait signe à son amie de se baisser. Plus loin, un homme aux cheveux blancs marche, une carabine sous l'aisselle.

– On rentre, Flo. C'est peut-être des squatters dangereux.

Florence recule, puis se ravise. Si près du but, elle ne veut pas abandonner.

Sébastien fait demi-tour. Florence reste seule, camouflée dans les feuilles de tremble. Le vieux s'arrête, l'oreille aux aguets. Il arme sa carabine. Épaule. Un coup résonne dans la forêt. Florence s'enfuit à toutes jambes.

Marco et les deux autres ont entendu le coup de feu.

– C'est même pas le temps de la chasse! Je vais chercher mon père. Je ne veux pas que ma soeur se fasse tuer, dit Marco qui saute en croupe sur son cheval.

– Faudrait attendre les autres, suggère Kiwi.

– Garde les chevaux. Jennifer, viens avec moi, vite!

– Vous n'allez pas me planter là! hurle Kiwi.

Trop tard. Marco et Jennifer sont déjà en route vers la ferme. L'apprenti cowboy, brides en mains, ne sait que faire des trois chevaux.

Grenade s'énerve. Il gratte le sol de son sabot et respire à pleins naseaux. Kiwi, désemparé, tente de l'attacher à une branche d'arbre. Le cheval résiste. Il bouge la tête en tous sens et, brusquement, se cabre. Kiwi s'écarte juste à temps de l'animal debout sur ses pattes arrière, qui, sans demander son reste, retombe sur ses fers et dévale la pente au grand galop en direction de l'étang.

– Florence? Sébastien? Où êtes-vous? Revenez! Je ne veux pas rester tout seul, hurle Kiwi.

Même l'écho ne répond pas.

– Je veux retourner chez moi! pleurniche-t-il.

Une fougère bouge, ajoutant à son angoisse. Un mulot émerge d'une souche et s'arrête au milieu du chemin des bûcherons. Kiwi regarde le mulot. Le mulot regarde Kiwi. Le garçon tape du pied. Le rongeur décampe. Puis, à la grande surprise de Kiwi, un chat tigré sort du sous-bois. Il a perdu sa proie mais garde l'oeil fixe, le corps tendu sur ses pattes coussinées.

Le chaton porte un collier. Kiwi s'accroupit en petit bonhomme.

– Minou... viens, mon beau minou.

Attiré par la main qui bouge, le chat s'approche. Kiwi le saisit. Sur la médaille, pas de nom mais un numéro de téléphone.

Des bruits de pas effarouchent à nouveau Kiwi, qui serre le chat tout contre lui.

– C'est moi, crie Sébastien, n'aie pas peur.

Deux minutes plus tard, Florence débouche du tournant, à bout de souffle, et chausse ses bottes.

– On rentre à la maison, vite. Où est Marco? Et Grenade?

– Par là, dit Kiwi qui monte en selle derrière Florence. Le cheval s'est sauvé quand j'ai voulu l'attacher. Est-ce que je peux ramener le chat?

– Fais comme tu veux mais tiens-toi bien. Ça va secouer.

Dès les premiers soubresauts, le chat a sorti ses griffes et les enfonce dans la chemise du garçon. Tête appuyée au dos de Florence, Kiwi n'est pas du tout sûr d'aimer l'équitation, surtout quand les branches d'arbre lui fouettent les oreilles. Au bout du chemin des bûcherons, heureusement, Grenade, enfin calmé, attend, bloqué par la broussaille.

L'étang traversé, les trois cavaliers arrivent nez à nez avec Marco et son père. Ce dernier est de fort mauvaise humeur.

– Depuis quand vas-tu en forêt sans prévenir, Florence? Et qu'est-ce que c'est que cette histoire de coup de fusil?

– Rien du tout, papa. Juste un vieux qui chassait. Marco s'est énervé pour rien. Est-ce que Carriacou est toujours dans son box?

– Mais oui. Laurent s'en occupe. Et que je ne te reprenne plus à quitter la ferme sans permission, ma petite! C'est fini l'équitation pour aujourd'hui, tu entends?

– Oui, papa.

Personne ne souffle mot jusqu'au retour à la ferme. Seul le chat ose miauler.

Dans l'écurie, les jeunes chuchotent dans le dos de Laurent.

– Psitt! Flo? On téléphone? dit Kiwi. Si le chat appartient aux squatters, on saura leur nom et d'où ils viennent, pas vrai?

– Bonne idée.

La petite troupe entoure Florence, qui décroche le combiné. Elle compose le numéro. C'est un interurbain. Cinq paires d'yeux la surveillent.

– Ça sonne, dit Florence.

– Qu'est-ce que tu vas demander? dit Marco.

– Il y a un déclic, continue sa soeur.

Puis elle entend : « Le numéro composé n'est pas en service. Veuillez vérifier le numéro ou composer de nouveau. C'était un message enregistré. *We are sorry...* »

Florence raccroche.

– Citron de citron ! On ne sait toujours rien ! Kiwi, est-ce que je peux garder le chat ici ?

– Euh... je sais pas. C'est moi qui l'ai trouvé !

– Je te promets de te le rendre. Dès qu'on aura découvert le voleur...

– Méfie-toi, Kiwi, ma soeur ne tient pas ses promesses...

Kiwi hésite, puis dit :

– OK, Flo, tu peux le garder, mais seulement deux jours !

Chapitre 6

Le voleur de nuit

– Dis oui, maman !

– Je ne trouve pas bien prudent de te laisser dormir seule dans l'écurie.

– Je ne serai pas seule, ma petite maman, supplie Florence. Il y aura Marco, les chevaux, Coton...

La mère résiste. La fille insiste. Rien ni personne ne la fera dormir ailleurs que dans l'écurie. Pas question que Carriacou s'évapore encore une fois dans la nature.

– C'est non, Florence. Pas avec un rôdeur dans les environs.

– Maman... tu ne veux jamais rien, rechigne Marco.

– Non, c'est non. Et puis c'est l'heure

d'aller vous coucher. Allez vous brosser les dents.

– Marco a raison. On ne peut rien faire dans cette famille.

– Terminé pour ce soir, les enfants. Bonne nuit.

– Bonne nuit, maman.

Dans la salle de bains, Florence chuchote à son frère :

– On y va quand même, d'accord ? Sais-tu où se trouve ton sac de couchage ?

– Ouais.

– Alors suis-moi.

– T'es sûre ?

– Bien sûr que je suis sûre.

****

Le frère et la soeur s'installent à la mezzanine qui surplombe les box. De là, les deux veilleurs de nuit ont une vue imprenable sur tout ce qui se passe en bas.

Coton rôde. Il grimpe les marches qui mènent au grenier à foin, renifle les drôles de lits des jeunes, se couche dans un coin, se relève, se recouche. Finalement, il file au rez-de-chaussée. Au passage, il donne un grand coup de langue mouillée à

Marc-André, en train de vérifier le cellulaire qu'il a «emprunté» en douce à son père.

– Coton... tranquille! Tu ne vois pas que je suis occupé!

Le chien gambade dans l'allée, remonte encore, puis s'allonge sous la lucarne.

– On devrait redonner un peu de moulée aux chevaux, Flo.

– Ouais. Le ventre plein, ils vont rester tranquilles. Je descends avec toi.

Les grains de maïs et d'avoine tintent et cliquetiquent dans les mangeoires. Marco est très populaire. Ses pensionnaires lui font des joies. Florence distribue les rations d'eau. Des prruiitt, des ffprroumm et autres musiques chevalines jaillissent de partout à la fois.

Avant d'éteindre, Florence caresse doucement l'encolure de son Carriacou.

– Tu ne trouves pas, Marco, que Carriacou est le plus beau cheval de toute la terre? Regarde un peu son pelage. Je ne le changerais même pas pour un pur-sang arabe.

Marco n'entend rien, trop occupé à caresser son poulain dans le ventre de Hennebelle.

Florence démêle la longue queue de Carriacou, où les poils brun foncé et roux sont entremêlés de fils blonds.

– Bonne nuit, grosse bête! T'en va pas, hein! Si quelqu'un vient, tu m'appelles, promis?

Carriacou hoche la tête.

– Bon dodo, les petits copains, lance Marco.

Flo monte à la mezzanine avec le chat tigré dans une cage d'osier.

– Et si maman va voir dans nos chambres? s'inquiète le petit frère.

– On ne risque rien. Elle a loué deux films au vidéo club.

Petit à petit, le silence s'installe dans l'écurie. Un nuage masque la lune gibbeuse. Des criquets chantent leur drôle de musique. Le cri inquiétant des chauves-souris meuble la nuit.

– J'ai un peu peur, Marco. On ne sait pas ce qui pourrait arriver cette nuit!

– Pourquoi tu dis ça? Tu ne devrais pas avoir peur, toi. Tu es plus grande que moi! Ça va m'empêcher de dormir. En plus, j'ai froid aux pieds.

– Froid! Par cette chaleur!

– Juste un petit peu.

– Viens te coucher avec moi, alors.

Tout content, Marco se glisse près de sa soeur.

Dans le fond, j'aime ça, avoir une grande soeur. C'est bien pratique. Surtout quand j'ai envie de pleurer. Et puis une soeur, c'est plus « cool » qu'une mère ! Mais ce soir j'aimerais mieux que ma soeur n'ait pas peur. Parce que... si le voleur vient, je ne sais pas, moi, ce qu'il faudrait faire.

– T'as vu, Flo ? Coton dort déjà. Tu parles d'un gardien !

Marco se sent tout petit. Il veut dormir au plus vite et ferme les yeux serré. Comme ça, la peur ne pourra pas entrer dans son corps.

****

Vers trois heures du matin, Coton dresse l'oreille. Dehors, le gravier a roulé. Immobile, le bouvier grogne.

Florence s'éveille et pousse Marc-André.

– Il y a quelqu'un dehors. Va voir.

– Non. Toi, va voir toi-même.

À quatre pattes, Florence s'approche de la lucarne.

– Marco, chuchote-t-elle, il y a quelqu'un en bas. Un gars. Il cherche l'échelle.

– Papa l'a cachée. Il a quel âge, le gars ?

– Je sais pas. Douze, treize.

– Il est tout seul ?

– On dirait.

– Qu'est-ce qu'on fait ?

– On se cache et on le laisse approcher. Je veux lui voir la face, et puis j'ai mon plan.

Flo descend au rez-de-chaussée avec la cage du chat. Au passage, elle débarre la porte avant de l'écurie et allume la veilleuse. Puis, dissimulée dans le renfoncement de la douche à chevaux, elle guette. De sa cachette, elle peut voir Marc-André à l'étage, cellulaire en main.

Cinq longues minutes s'écoulent. Florence se morfond et Marco est très tenté d'appeler son père à la rescousse.

Une poignée tourne. Quelqu'un tente d'ouvrir la porte arrière. Sans succès. Coton gronde.

– Chhuttt ! tout doux, chien-chien, murmure Florence.

Des pas étouffés longent l'écurie. Le visiteur sonde la porte avant. Les gonds mal huilés grincent.

Une silhouette énergique s'avance dans l'allée centrale. L'inconnu d'environ un mètre soixante, portant cheveux longs tirés vers l'arrière, s'arrête sans hésiter devant le box 5. Il pose un sac à bandoulière par terre, fait glisser le verrou et tire Carriacou dans l'allée bétonnée. Coton trottine vers lui en grognonnant comme un porcelet.

– Salut, mon beau pitou, dit le visiteur en caressant la laine épaisse du chien.

À la grande surprise de Florence, Coton se laisse toucher et se calme.

Du haut de son perchoir, Marco voit l'intrus plonger la main dans son sac. «Je le savais, il va sortir une seringue et droguer le cheval», pense-t-il.

En fait, le visiteur ne tire de son sac que deux cordes et une brosse. Pour empêcher Carriacou de se promener dans l'allée, il l'attache, à droite et à gauche, aux chambranles des box. Flo ne bouge pas, perturbée par les gestes étonnants de l'inconnu qui brosse lentement Carriacou.

Une fine poussière se répand dans l'air. Le garçon murmure. Puis, découvrant une coupure au jarret de Carriacou, il dit tout haut :

– Qui t'a fait ça, mon gros ? Attends. Il y a sûrement du désinfectant dans la trousse de secours de l'écurie.

Le bouvier, couché sur ses pattes, surveille l'intrus comme un gendarme. Le chat tigré miaule. Pour le faire taire, Flo le sort de sa cage et le prend dans ses bras.

Carriacou se laisse soigner. Ensuite, le visiteur appuie sa joue sur la bête. Longtemps, il reste collé à sa chaleur.

Florence est déroutée. Mais voilà que, sans crier gare, l'adolescent se hisse sur le dos de l'animal.

« S'il pense sortir de l'écurie avec mon cheval, ce gars-là, il se trompe », se dit-elle, redevenue méfiante et combative.

L'inconnu, couché sur Carriacou, le flatte doucement.

« C'est sûrement une ruse pour amadouer mon cheval. Sauve-toi, Carriacou ! Jette-le par terre, ce type ! » crie-t-elle à l'intérieur d'elle-même.

Carriacou danse sur place.

– Ça te démange, hein mon gros, tu veux qu'on aille se promener dehors, toi et moi ? dit le garçon.

Florence décide alors de mettre son plan en marche et pousse le chat tigré dans l'allée.

La bête miaule et fait le gros dos. Le garçon l'aperçoit.

– Kenzo! s'exclame-t-il en sautant à terre. Je te cherchais partout!

« C'est le garçon aux abeilles. Il veut partir en forêt avec mon cheval », se dit Florence en jaillissant de sa cachette.

– Marco, appelle papa! Allume tout!

Pris au piège, l'inconnu se fige. Florence se plante devant lui comme un roc.

– Tu t'appelles François, pas vrai?

– Euh... oui... non... Laisse-moi passer. Je veux m'en aller.

– Pas avant que tu m'aies expliqué ce que tu fais avec mon cheval.

Marco descend de la mezzanine. L'adolescent le bouscule. Florence ne supporte pas. Enragée, elle attaque l'intrus et cogne de toutes ses forces. Marco en profite pour lui flanquer en même temps un coup de pied dans les tibias.

– Arrêtez! Arrêtez! supplie le garçon, tout recroquevillé. Je vais tout vous dire. Ne me faites pas mal. S'il vous plaît.

– Pourquoi tu voles mon cheval?

– Je ne le vole pas...

– Dis-nous d'où tu viens, pour commencer!

– Je ne peux pas vous le dire.

– C'est à la police, alors, que tu vas le dire. Marco, as-tu rejoint papa?

– C'était occupé.

– Comment ça, occupé? À quatre heures du matin!

– J'ai dû me tromper de numéro, tellement j'étais énervé.

– Je vous en prie, n'appelez pas la police. Ni votre père. Je n'ai fait aucun mal au cheval. Je vous jure. Laissez-moi partir. Je ne reviendrai plus jamais.

– Pourquoi tu vis dans la forêt? interroge Marco.

– J'ai promis de ne rien dire.

– Avec qui tu vis là-bas? insiste Florence.

– ...

– Marco, appelle papa.

François tente de fuir. Le frère et la sœur se jettent sur lui et l'immobilisent.

– OK! On n'appelle personne si tu nous dis pourquoi tu te caches dans la cabane d'Omer.

– Et pourquoi on ne t'a jamais vu au village, hein? ajoute Marco.

Chapitre 7

Un gros chagrin

Dans la demi-pénombre, sur le plancher de la mezzanine, les trois jeunes sont assis en cercle. Quelques trilles d'oiseaux annoncent le matin. Il est quatre heures cinquante-huit. L'intrus ne sort pas de son mutisme.

– Alors, tu te décides, c'est toi ou c'est pas toi qui viens voler mon cheval ?

– Est-ce que je pourrai retourner au camp dans la forêt ?

– Ça dépend, dit sèchement Florence. T'as cinq minutes pour avouer. Sinon...

– La police, termine Marco.

– Votre jument Hennebelle va accoucher bientôt, pas vrai ?

– Toi, touche pas à mon poulain, rétorque Marc-André. Si on veut, on peut te faire arrêter pour vol. Tu vois, on a retrouvé le fer de Carriacou.

Les premières lueurs de l'aube éclairent le visage livide de François. Toute la tristesse du monde semble peser sur ses épaules.

– Je suis écoeuré, j'en peux plus...

– Qu'est-ce qui t'écoeure ? demande Marco.

– De vivre caché, comme un vaurien.

– C'est qui, les autres ?

– Mes parents et mon grand-père. J'ai même pas d'amis. C'est pour ça que je me suis sauvé.

– Pour aller où ?

– N'importe où. Je voulais juste voir des gens qui rient et qui parlent. Mes parents, eux, ne veulent voir personne. Ils ont trop honte.

– Qu'est-ce qu'ils ont fait de mal ? s'inquiète Florence.

– Rien, je pense. Ils ont travaillé fort toute leur vie et puis un beau matin, ils ont tout perdu. Tout, tout, tout.

– Comment t'es venu jusqu'à notre ferme ?

– La première fois, je ne sais pas comment. J'ai marché dans le bois, je me suis perdu puis j'ai trouvé un chemin forestier, j'ai contourné un étang et, de loin, j'ai vu les bâtiments de votre ferme. Dans le pré, il y avait des chevaux. J'ai couru. Le premier que j'ai aperçu, c'est celui à la robe alezane.

– Tu connais les chevaux, toi! lance Florence.

– Oui, un peu.

– Continue.

– Ensuite, j'ai vu le quarter horse se rouler dans l'herbe. Quand il s'est relevé, ça m'a fait un choc.

– Pourquoi un choc? demande Florence.

François s'interrompt. Il renifle.

– Parce que... Carriacou m'a regardé droit dans les yeux et j'ai cru que... que je venais de retrouver mon cheval à moi. C'est pas croyable comme ils se ressemblent! La seule différence, c'est la balzane blanche près du sabot. Le mien n'en a pas.

– Ton cheval? Il est où, ton cheval?

– Parti. Il a été saisi.

– Saisi? Comment ça?

– Je ne peux pas vous expliquer, dit François. C'est le secret de ma famille.

– Il s'appelle comment, ton quarter horse?

– Pacho.

– Pacho. Ah, c'est donc ça!

À cet instant, la porte de l'écurie s'ouvre. Coton aboie deux fois et se calme.

– C'est papa, chuchote Marco.

– Merde! Je veux connaître la suite! Vite, cachons-nous dans le foin!

M. Harvey monte à l'étage. Ne voyant rien d'anormal, il rebrousse chemin.

L'alerte passée, François veut partir.

– Pas si vite, ordonne Florence. D'abord, on veut savoir d'où tu sors. T'habitais où avant de te cacher dans la cabane d'Omer?

– ...

– Si tu ne peux pas le dire aux grandes personnes, tu peux nous le dire à nous, suggère Marco.

– D'un village... loin d'ici, dans le Bas-du-Fleuve...

– Qu'est-ce que vous avez fait de croche pour vous cacher avec des armes?

– Quelles armes?

– François je-sais-pas-qui, fais pas le fin-fin avec nous. Dans le bois, j'ai vu un homme aux cheveux blancs avec une carabine!

– On n'est pas des bandits, ni des voleurs. L'homme que tu as vu, c'est mon grand-père. Il chasse pour avoir de quoi manger. Le reste, je ne peux pas vous le raconter.

– Tu peux, dit Marco. Si on jure sur la tête de Carriacou et de Hennebelle de ne rien dire à la police.

– ...

François a terriblement envie de partager son secret. Mais son père a dit que s'il était discret, la famille pourrait bientôt recommencer une nouvelle vie, ailleurs.

– J'ai faim, s'exclame Marco en déballant les muffins apportés la veille. Pas vous ?

– François, coupe Florence, pourquoi as-tu des bleus partout sur les bras ? Ton père te bat ?

– Non. Il est furieux mais pas après moi. Il y a deux jours, quand j'ai pris ton cheval pour me promener, il a trébuché sur un caillou. J'ai perdu l'équilibre et je suis tombé. Ah ! et puis j'en ai marre de cette vie-là. Je vais tout vous raconter. C'est quand même pas de ma faute, ce qui est arrivé. C'est la faute au chômage !

– C'est quoi le rapport ? demande Marco.

François s'anime. Les mots explosent.

– Mon père et ma mère ont perdu leur commerce.

– Comment on perd ça, un commerce? interrompt Marco.

– C'est simple, répond François, rageur. Mes parents étaient propriétaires d'un restaurant. Dans le village, il y a de plus en plus de chômeurs. Alors, qu'est-ce que tu penses que ça fait, des chômeurs, toi?

– Ça chôme, tiens! dit Marco.

– Et ça ne va pas manger au restaurant, ajoute Florence.

– T'as tout compris. Pas de clients, pas d'argent. Ça fait que mes parents ne pouvaient plus payer leurs dettes à la banque.

– C'est quoi le rapport? demande Marco de nouveau.

– Le rapport c'est que, un jour, un huissier est venu chez nous avec un camion et la police. Il a tout saisi: la maison, le restaurant, les meubles. Tout, il a même...

La voix de François se casse. Il cache son visage dans ses mains, puis marmonne:

– Ils ont même pris mon Pacho, mon beau Pacho. Depuis treize ans qu'on vivait ensemble. Il est né la même année que moi.

C'est ma mère qui l'a débourré. Elle connaît ça, les chevaux, ma mère. Elle est née au Chili.

François parle comme un moulin. Impossible de l'arrêter.

– J'avais seulement cinq ans quand j'ai gagné mon premier concours avec Pacho. J'étais si petit qu'il me fallait un tabouret pour monter sur son dos. Et maintenant, je n'ai plus de cheval.

– Elle est triste, ton histoire, dit Marco. Mais c'est pas juste quand même. Si t'as perdu ton cheval, c'est pas une raison pour voler celui de ma soeur !

– Je ne le volais pas. Je venais juste l'emprunter un peu.

La colère de Florence s'évanouit. François aime les chevaux. Comme elle. Passionnément.

Marco ne comprend pas tout à fait la nouvelle attitude de sa soeur. Il comprend encore moins quand il la voit prendre la main de François.

– Tu peux me faire confiance, Florence. Je ne ferai jamais, jamais de mal à un cheval. Surtout pas au tien.

– Ni à Hennebelle, j'espère ? s'inquiète Marc-André.

– Ni à Hennebelle. Est-ce que je peux retourner au camp maintenant ?

– Bien sûr. On va même te ramener à cheval. Ça ira plus vite.

– Mais papa a dit que... s'interpose Marco.

Un quart de seconde Florence hésite, puis conclut :

– Je me débrouillerai, venez.

Les jeunes sellent deux chevaux. Carriacou et Grenade. François monte derrière Florence et l'entoure de ses bras.

Un peu avant d'arriver à la cabane d'Omer, l'adolescent serre la jeune fille d'un peu plus près. Quand il descend de cheval, le garçon est presque heureux.

– Ah merde ! j'ai oublié mon chat ! s'exclame-t-il.

– T'as qu'à revenir cet après-midi ! On s'entraîne pour une compétition. Tu penses que tes parents vont te donner la permission ?

– Je vais m'arranger.

Marco dévisage sa soeur.

– Est-ce que ça veut dire que tu vas lui prêter Carriacou ? Et moi, alors ?

Florence fait celle qui n'a pas entendu.

Chapitre 8

Le pedigree

Pendant que M. Harvey ausculte Hennebelle, Marco tourne autour.

– Les contractions ont commencé, mon grand. Le poulain s'en vient.

– C'est pour quand?

– Je dirais... quarante-huit heures, au max.

– Je peux lui donner une pomme?

– Oui, mais coupe-la en quartiers.

Dehors, dans les marches d'escalier de la maison, Florence est devenue le centre d'attraction. Les copains, Sébastien, Kiwi, Jennifer et Nadia la bombardent de questions.

– Alors, tu es sûre? C'est François, le voleur? interroge Nadia.

– L'emprunteur, disons.

– Tu l'as dit à tes parents? demande Jennifer.

– Mais non, voyons. François a assez de problèmes comme ça, il me semble! C'est un bon gars, je suis sûre, alors pas un mot à personne, OK?

– Aïe, il est tard! Faut qu'on s'entraîne maintenant, dit Nadia. Kiwi, veux-tu nous filmer avec la caméra vidéo de ta mère?

Les jeunes préparent le terrain. Ils se précipitent au centre du manège, empilent les barils et installent les palanques. Avec des briques, ils fabriquent aussi un muret pour les sauts.

Marco les rejoint, monté sur Grenade.

Nadia est déjà en piste. Les sabots de son cheval labourent le sol poussiéreux. Pour attaquer le premier saut, elle part de loin avec des rênes courtes. Très concentrée, elle monte sans forcer vers l'obstacle.

– Nadia! crie Flo. Ne tire pas trop sur le mors! Tu vas abîmer la bouche de ton cheval!

À sa première tentative, l'écuyère réussit à sauter sans accroc par-dessus les barils.

– Bravo, Nadia! la félicite Jennifer. Bien joué. À qui le tour?

Florence se lance. Elle n'est pas au meilleur de sa forme. Le manque de sommeil se fait sentir et elle courbe trop les épaules.

– Baisse les talons, Flo! crie Sébastien.

Florence galope vers le muret, penchée sur l'encolure. Devant l'obstacle, le cheval s'arrête net. Un refus. Florence fulmine.

– Citron que c'est mal parti!

Elle recommence et essuie un nouvel échec.

Marco vient rôder autour de sa soeur.

– Si tu me prêtais Carriacou, je suis sûr que je pourrais le faire sauter.

– Arrête donc de te vanter, Marco. Tu te prends pour un champion olympique, ou quoi?

Florence retire ses pieds des étriers et glisse la jambe par-dessus Carriacou. Marco retient son souffle.

Nadia surveille la scène.

– Tiens, vas-y donc, puisque tu y tiens tant! Montre-nous ce que tu sais faire. Allez! Vas-y!

Marco ne se fait pas prier. Sitôt en selle, il démarre au pas, puis au trot enlevé et enfin au galop.

– Pousse, Marco, t'es capable! crie Kiwi tout en filmant son ami.

« Vous allez voir ce que vous allez voir », se dit Marco, qui se dirige à grandes foulées vers la haie barrée, haute de un mètre. Mais la bête, toute en muscles et mal dirigée, stoppe brusquement devant la haie. Marco, désarçonné, passe entre les oreilles de Carriacou et se ramasse par terre, le nez dans la poussière.

Kiwi accourt.

– Es-tu blessé?

– Non, non. Un peu sale, c'est tout.

– Et un peu humilié! siffle Florence.

Marco lui jette un regard noir. L'incident rassure Nadia sur ses chances de gagner.

– Un bon cavalier remonte toujours en selle, déclare une voix inconnue.

La bande se tourne vers le nouvel arrivant. C'est François. Il est revenu. À pied. Florence est ravie et le présente à tout le monde.

– Tu peux monter Grenade si tu veux, François, propose Marco. On verra bien ce que tu sais faire!

François examine la bête.

– Ça me plairait bien d'essayer.

L'adolescent entre dans le manège et fait un tour de piste. Tous les yeux sont braqués sur lui.

– Il se débrouille pas mal, observe Sébastien. C'est pas un débutant, ce gars-là !

– Ouais. Il a du style aussi, t'as vu ? ajoute Jennifer.

– Mouais, dit Nadia. En plus, il dose bien les efforts du cheval. Heureusement qu'il n'est pas inscrit au concours, celui-là !

Soudain, une camionnette débouche sur les chapeaux de roues, tout près de l'écurie.

– C'est le vétérinaire, faut que j'y aille ! hurle Marco. Hennebelle va accoucher !

Le garçon talonne le docteur Martin jusqu'à l'intérieur de la stalle.

– Vous allez sortir le bébé maintenant ?

– Eh non, mon jeune ! La petite mère n'est pas prête. Faudra que tu patientes encore un peu.

– Cette nuit, alors ?

– Ça m'étonnerait mais, avec la nature, on ne sait jamais.

Florence et François viennent aussi aux nouvelles.

– Dis, Flo, tu vas dormir dans l'écurie avec moi cette nuit, au cas où mon poulain voudrait venir au monde ? demande Marco.

– Bien sûr que oui, voyons. Je ne voudrais surtout pas rater ça.

Puis, se tournant vers François, Florence ajoute :

– Maintenant, on n'a plus de «voleur» à surveiller ! Ah tiens, au fait, j'ai quelque chose pour toi.

Elle fouille au fond de sa poche :

– C'est à toi, n'est-ce pas ?

Étonné, François contemple le carnet noir.

– L'as-tu lu ?

Florence cille légèrement.

– Juste la première page où c'est écrit Pacho !

Marco ouvre la bouche pour ajouter que... mais le regard bleu acier de sa soeur lui ferme le clapet.

– Moi aussi, j'ai quelque chose à te montrer, dit François. J'ai apporté le pedigree de Pacho ! Tu vois, le nom de l'éleveur, la date de naissance, les noms de son père, de sa mère...

Florence lit le certificat.

– Ça alors, tu ne me croiras pas, s'exclame-t-elle. Attends-moi une minute.

Flo court à la maison et revient avec des papiers.

– Tiens! Regarde, là, c'est écrit sur le pedigree de Carriacou. Ton cheval et le mien ont le même père!

– Ma parole! T'as raison. Tu parles d'un hasard!

– Pas étonnant que tu aies eu un choc en voyant Carriacou! J'ai une idée. Pourquoi tu ne viendrais pas au concours hippique? Tu pourrais comparer Pacho et son frère. Tu veux, hein! Ça te tente?

– Et comment que ça me tente!

– On est mieux de s'entraîner alors, dit Nadia, au lieu de faire de la parlotte.

– En effet. Et jusqu'à samedi, on met les bouchées doubles. Tout le monde en selle. Yahou!

Chapitre 9

Samedi

Partir en compétition, c'est comme déménager. En plus des ballots de foin, des sandwiches, des selles, des coffres, des chaises pliantes et de tout le fourbi, il y a la remorque à chevaux. Mais la journée s'annonce épatante. Tout y est. Soleil, brise, quelques nuages, pas trop chaud, pas trop frais, pas trop humide.

De belle humeur, pommettes luisantes, cheveux relevés, bottes cirées, Flo fait la toilette de Carriacou : brossage, tressage de queue, de crinière, ça n'en finit plus.

Depuis quatre heures du matin, Marco se comporte comme une vraie soie, plein d'attentions pour sa soeur préférée.

Je me demande si le François va venir aujourd'hui. J'aimerais mieux pas. Depuis qu'il est dans le décor, je trouve que ma soeur s'intéresse plus à lui qu'à moi. C'est pas juste. Si jamais elle lui prête Carriacou, eh bien, eh bien, je ne lui parlerai plus jamais de ma vie à Florence Harvey. C'est décidé. Et tant pis pour elle.

– On a tout ce qu'il faut? demande Mme Harvey.

– Oui, maman, répondent en choeur le frère et la soeur.

– Faites monter les chevaux dans la remorque.

C'est bien connu, les chevaux détestent se faire enfermer dans ces maisons roulantes. Par chance, cette fois, Grenade grimpe sur la plate-forme d'accès sans se faire prier.

Il n'en va pas de même pour Carriacou. Têtu comme un âne, le quarter horse refuse d'avancer.

Flo a beau multiplier les mamours, et Marco les guilis-guilis, rien n'y fait. Pattes raides, genoux barrés, Carriacou a l'air de dire non comme un enfant gâté. Impossible de le faire avancer d'un centimètre.

Tout le monde s'y met. On pousse. On tire. On discute. L'animal ne bouge pas.

– Je peux vous aider? dit une voix.

– On ne demande pas mieux, dit Florence, rayonnante.

– Ah! t'es venu, toi!... s'exclame Marco, beaucoup moins rayonnant.

C'est François. Tout propre, tout beau, chaussé de bottes d'équitation, vêtu d'une chemise blanche et d'un pantalon moulant. Florence le zieute de la tête aux pieds.

– Papa, maman, je vous présente notre nouvel ami, François. Il a emménagé dans la région. Je l'ai invité à venir avec nous.

– Enchanté, François, dit maman. Tu habites au village?

L'adolescent blêmit. Il ne veut surtout pas révéler la cachette de ses parents. Hésitant à mentir, il bégaie. Heureusement, Carriacou sauve la situation. Il s'est mis en mouvement tout seul.

– Attention! Carriacou recule, répond François pour esquiver la question.

Puis, avec l'aide de Florence, il dirige le cheval dans la remorque.

C'est un départ. Tout le monde s'engouffre dans la fourgonnette. Sauf Marco.

– Qu'est-ce que tu as à lambiner, fiston ? Monte, qu'on démarre !

– Peut-être que je ne devrais pas y aller, au concours. Si Hennebelle décidait d'avoir son bébé pendant la compétition, y aura personne pour l'aider à accoucher.

– Pas question que tu te défiles. Tu es inscrit et tu viens avec nous. Laurent sera là toute la journée. De toute façon, ton poulain ne viendra pas au monde avant demain. Monte, sinon on sera en retard.

– J'ai pas envie. Ça ne me tente pas de compétitionner avec Grenade, bon.

– Allons viens, Marco, dit Florence, tous nos amis seront là.

– Je m'en fous. Et je suppose que tu vas prêter Carriacou à François ?

– Mais non, idiot. Arrête de faire l'imbécile. Monte.

Le moteur de la fourgonnette tourne. Marco grimpe et claque la portière. Bang !

****

Une grande banderolle accueille les amateurs : CONCOURS HIPPIQUE DE SAINTE-ÉLODIE. Sur les pelouses entourant le manège extérieur, les enfants courent dans tous les sens. Les estrades sont déjà bondées de spectateurs. Et si les odeurs d'écurie se mêlent aux arômes de café, personne n'y trouve à redire. C'est la fête.

La remorque des Harvey est garée à côté de celle de la famille de Nadia. La bande de copains s'affaire autour des chevaux.

– Ça va, Nadia? Ton palomino est en forme? s'enquiert Florence.

– Mon cheval, oui, mais moi j'ai hâte que la journée finisse.

– Fais pas cette tête-là! Tout va bien se passer. Tu as tellement travaillé. Tu vas te classer, je te dis.

– Tu as su pour Sébastien? Il rate le concours. Son cheval s'est pété un tendon hier soir. Triste, hein!

– Il y a pire. François, lui, a perdu son Pacho à tout jamais.

– Dis donc, c'est qui le gars à côté de ton frère?

– François, justement. Tu ne trouves pas qu'il est beau comme un coeur en tenue de cavalier?

– Ne me dis pas qu'il fait le concours lui aussi!

– ...

– Pas possible ! Et tu vas lui prêter Carriacou ? Ma fille, si tu fais ça, ton frère va te tuer.

– Excuse-moi, Nadia, il faut que j'aille chercher les dossards. Notre classe commence dans dix minutes. Bonne chance !

Dans le manège ovale, huit sauts ont été préparés pour les concurrents. Des haies portatives, des barres de spa de différentes hauteurs, des balles de foin, et des barils en bois.

Le juge s'installe à sa table. La tension monte chez les sauteurs. Le plus jeune d'entre eux, Marco, est remonté comme un ressort. Il ne vient pas à bout de brider son cheval. Kiwi, son groom pour la journée, s'en mêle. Pendant que Marco présente le mors de la main gauche à Grenade, Kiwi trousse le toupet du cheval.

– Flo, as-tu mon dossard ? J'ai quel numéro ?

– Carriacou a le numéro 9 et Grenade, le 7.

Mme Harvey surveille les préparatifs et insiste pour coiffer Florence, ce qui a le don d'énerver sa fille au plus haut point.

– Laisse tomber, maman, je m'en occupe.

– Tu ne seras jamais prête, Florence. Tu es sûre que ça va ? Tu as une drôle de tête, je trouve...

– Mais non, tout va bien.

– Heureusement que ton nouvel ami a déjà sellé Carriacou pour toi. Il a même pris le temps de curer les sabots. Regarde-moi un peu, toi...

– Ça va, je t'assure.

Le haut-parleur appelle les concurrents. Marco boucle la mentonnière de son casque.

– C'est à nous ! Flo, vite, donne-moi mon numéro ! Kiwi, attache-le moi dans le dos.

Prêt à monter, Marco a le pied à l'étrier. Florence s'approche de son frère et, de sa voix la plus douce, lui demande :

– Dis-moi, Marco, est-ce que tu accepterais de prêter Grenade à François ?

– MOI ? T'es folle ? Commence plutôt par me prêter Carriacou, TOI !

– Eh bien, justement, je te le prête. Tiens ! Prends le numéro 9 et vas-y !

Marco regarde sa soeur comme s'il la voyait pour la première fois de sa vie.

– C'est sérieux? Pourquoi tu fais ça?

– Pour rien. Parce que t'es fin, c'est tout.

– Sac à papier! Tu es tombée sur la tête, ou quoi?

– Pas du tout. Je me sens très bien.

Fou de joie, Marco se précipite vers Carriacou en criant à Kiwi:

– Vite, ajuste la sangle. Je capote! Je vais gagner! Wow! Je pense que ma soeur a viré folle!

– Veux-tu bien m'expliquer ce qui se passe? demande M. Harvey à sa femme. Florence prête sa veste d'équitation et sa bombe à François. Elle ne concourt pas?

– Je ne sais pas ce qu'elle a ce matin, répond Mme Harvey. Et puis, d'où sort-il, ce garçon? C'est bien mystérieux, tout ça.

M. Harvey allume sa caméra vidéo et filme Marco qui entre dans le manège avec une dizaine de participants. Les jeunes se taquinent tous. Sauf Nadia, qui n'a pas le coeur à rire.

– Tu m'as bien entendue, dit Florence à François. Arrête de me regarder comme un martien... C'est ton nom que j'ai donné tout à l'heure à l'inscription! Allez! Vas-y, grimpe sur Grenade. Grouille! C'est toi qui compétitionnes.

– Tu me cèdes ta place ?

– En plein ça! Dépêche, *move, man* !

– Heureusement que j'ai étudié le parcours avec Marco !

François a juste le temps de rattraper les autres avant l'appel du premier concurrent. Mme Harvey s'approche de sa fille.

– Veux-tu bien m'expliquer ce qui se passe, Florence ?

– Eh bien tu vois, j'ai fait deux heureux.

– C'est ton inscription qu'on a payée, pas celle d'un garçon qu'on n'a jamais vu de notre vie. Qu'est-ce que cet élan subit de générosité ?

– Regarde Marco. Il jubile. Il ne pourra plus dire que je ne tiens pas mes promesses...

– Je te parle de l'autre, de François !

– Maman, si tu veux tout savoir, je n'étais pas prête. Je monte comme un pied de ce temps-ci, alors autant donner la chance à quelqu'un d'autre. Il me semble que tu devrais être d'accord !

– Je te trouve bizarre quand même... mais enfin !

La compétition commence.

– Merde, dit Jennifer, c'est Nadia qui ouvre. Quel dommage. Elle ne profitera pas des erreurs des autres.

– La pauvre! Regarde-la. Ça me brise le coeur de la voir aussi paniquée, ajoute Florence.

– Si tu avais entendu râler ses parents tout à l'heure: oublie pas çi, fais pas ça, tire pas sur le mors, faut que tu gagnes, pense à notre école, et patati, et patata. De vrais obsédés, je te dis.

– Tiens, regarde-la! Chouette, elle démarre bien. C'est ça, vas-y, Nadia. Pousse, pousse, monte!

– Tu paries sur qui, toi?

– À dire vrai, je souhaite que Nadia gagne, avoue Florence. C'est mon amie. J'aimerais bien que Marco gagne aussi, parce qu'il monte Carriacou. Mais Ève-Marie, le numéro 6, est très bonne. C'est elle qui a gagné la dernière fois.

– Et François?

– Ah! Eh bien, pour François, c'est différent... Oups! Nadia a fait tomber une barre.

Kiwi et Sébastien rejoignent les deux filles. Sur la piste, Nadia se détend un peu et ralentit l'allure du palomino.

– Elle est encore trop raide pour attaquer le mur, dit Sébastien.

– Pourquoi le cheval de Nadia porte-t-il

un ruban jaune autour de la queue ? demande Kiwi.

– Parce que c'est un étalon et que les autres cavaliers doivent se méfier de ses réactions.

Nadia, à grandes foulées, galope vers les trois sauts consécutifs. Elle passe le premier à la perfection. Au deuxième, elle menace de perdre l'équilibre mais réussit à se maintenir en selle. Au troisième, fesses en l'air sur sa monture, elle saute magnifiquement. La foule applaudit et l'écuyère termine le parcours avec élégance.

– Pas mal du tout, se réjouit Florence. Nadia a des chances de se classer parmi les trois premiers.

Les filles vont féliciter leur copine à sa sortie du ring. Mais Nadia a l'air déçue.

– J'ai perdu des points, je sais, se désole-t-elle.

– Tu as été très bien, Nadia. Regarde le gars qui est en piste. Il vient d'essuyer trois refus de suite. Ça y est, on le disqualifie ! Tu vois, tes chances de gagner augmentent !

– Ton frère sera meilleur que moi, avec Carriacou !

Sébastien apporte un jus de pommes à Nadia.

– Tes parents veulent te parler.

– J'irai tout à l'heure. Je n'ai pas envie de les voir maintenant.

À l'extérieur du manège, Grenade piaffe en attendant l'appel. Les concurrents défilent. François a les mains moites. Dans un bruit de friture, le haut-parleur crache enfin son nom.

– François Larocque, de la Ferme Harvey, monté sur Grenade, en piste, s'il vous plaît.

Le cavalier s'avance.

– N'oublie pas de filmer François! commande Florence à son père.

– Dis-moi, où l'avez-vous rencontré, ce garçon?

– Chut! Ça commence.

Au centre du ring, avant même de saluer le juge, François tourne la tête vers Florence. Elle retourne le salut en croisant haut les doigts.

– Les manches de sa veste sont trop courtes, remarque Jennifer. J'espère qu'on ne lui enlèvera pas de points pour ça.

– Chut! dit Florence.

Grenade est bon sauteur. Il a beaucoup d'endurance aussi. Au coup de sifflet, le couple François-Grenade démarre. Huit sauts à réussir d'affilée, en une minute et demie. Quatre-vingt-dix secondes très longues et très courtes à la fois.

Dès le départ, le cavalier maîtrise sa monture. Dans les volte-face, il contrôle la position de ses mains, pouces vers le haut. Le souvenir de Pacho le trouble un instant mais le garçon retrouve vite sa concentration. Juste avant l'obstacle, il ralentit l'élan de Grenade.

Florence exulte. Premier saut, réussi.

La poussière roule sous les sabots. Sans faiblir, le duo franchit les barrières suivantes et monte vers la quatrième, la plus difficile de toutes.

Le coeur du cavalier palpite. Sa bête soulève les pattes avant, bascule son poids, relève l'encolure et projette toute sa masse au-dessus de la haie.

Tout en calculant à sa montre le temps écoulé, Marco suit chaque geste de son concurrent.

– Il est plus rapide que moi, avoue-t-il à Kiwi. Sac à papier, c'est lui qui va gagner !

– Non, Marco, c'est toi. Tu as le meilleur cheval.

François exécute une volte.

– Super ! s'exclame Florence.

– Il n'est pas mal, ce garçon, dit M. Harvey. Où a-t-il appris?

Florence reste muette. François galope vers les trois derniers sauts. Par une simple pression sur l'étrier, il communique avec Grenade sans brimer sa liberté. Quand le cheval s'élève dans les airs, François a le nez enfoui dans le pelage.

La bête vole maintenant au-dessus du septième saut. Les pattes postérieures touchent la barre. Une grande exclamation jaillit de la foule. François poursuit. Grenade reprend contact avec la terre et file vers le huitième et dernier saut.

L'animal quitte le sol, s'étire, plane quelques secondes, puis retombe sur ses pattes.

– Bravo! crient Jennifer et Sébastien.

Florence, aussi tendue que si elle négociait elle-même le parcours, desserre les poings. Les traits encore crispés, plutôt satisfait de sa performance, François abandonne le terrain au prochain concurrent.

Près de la barrière d'entrée, Marco attend son tour. La chaleur est suffocante.

– Après Ève-Marie, c'est à toi, dit Kiwi. Tu es le dernier participant, chanceux!

– Mais j'aurai le soleil dans les yeux

pour la finale ! Prie donc un peu, Kiwi, pour que les nuages avancent plus vite.

Le mégaphone beugle.

– Carriacou, monté par Marc-André Harvey de la Ferme Harvey, en piste s'il vous plaît.

– Montre-leur ce que tu sais faire, champion ! dit Kiwi. T'es le meilleur. *Go !*

Marco et Carriacou entrent dans le manège. Dos droit, pantalon beige et veste marine, l'écuyer semble plus petit que d'habitude, juché sur l'animal de cinq cents kilos.

– Il a fière allure, mon fils, dit Mme Harvey.

Le juge donne le signal de départ. Au même rythme que les foulées de Carriacou, le coeur de Flo bat pour Marc-André.

– C'est vrai qu'il est doué, le petit bonjour. On dirait qu'il est né à cheval, mon petit snoreau de frère !

Carriacou est magnifique à voir. Ni trop gros, ni trop maigre, fort et docile à la fois. La foule silencieuse observe. Carriacou s'arque au-dessus du premier obstacle, franchit la haie et retombe sur ses quatre fers.

– Bien joué, mon gars. Attaque, dit le père.

Le cavalier, visage fermé, galope vers le mur de soixante centimètres. «Il est facile, celui-là, je vais l'avoir», se dit-il. Et le tandem vole sans problème au-dessus du muret.

La sueur perle au front de Marco. Il bout sous sa veste. Tout le monde s'attendrit. Un si petit bonhomme sur une si grosse bête!

Marco a encore plein de réserve dans les jambes. Il entretient le mouvement de son cheval.

– Lâche pas, Marco, hurle Kiwi.

– Mon Dieu! Le prochain saut est beaucoup trop haut pour lui, s'affole Mme Harvey.

– Il est capable! Vous allez voir, madame!

Marco se penche, se rassemble, et Carriacou bande ses muscles. Florence retient son souffle.

La bête se soulève. Un grand OOOHHH! court chez les spectateurs. Marco a failli tomber. Il s'est rattrapé à la dernière seconde et fait mouche avec brio.

Le cheval tendu laboure le sol vers les dernières barres. Ses épaules montent. Marco s'allonge sur l'encolure. Carriacou tire sur les rênes. Le jeune cavalier est à bout de forces. Au moment de toucher terre, il reprend le contrôle du cheval et termine par un finale de grand maître.

Le clan Harvey applaudit à tout rompre. Marco, lessivé, sort du ring.

– Il a fait le parcours en quatre-vingt-neuf secondes, dit Kiwi. Il a de bonnes chances de gagner le premier prix.

– Toi, vends pas la peau de l'ours avant de l'avoir tué, le prévient Florence. Il a quand même commis quelques fautes de maintien.

– Qui va récolter les trois premières places à ton avis? demande Sébastien.

– Difficile à dire. Ève-Marie ne l'emportera pas facilement, cette fois, dit Jennifer.

La poussière du manège retombe. Le juge se retire pour compiler les points.

Les jeunes arpentent le terrain et font des paris. Hormis Nadia, qui, tête baissée, pousse une motte de terre du bout du pied.

– C'est bien long pour le classement, dit Marco. Il doit y avoir des *ex-aequo*.

Dans l'enclos, tout près, les chevaux mâchouillent du foin bien mérité.

Soudain, le cellulaire de M. Harvey sonne. Son fils se précipite vers lui.

– Qui t'appelle?

– Laurent... Oui. Oui. Depuis quand? Ah bon! Oui. Appelle le vétérinaire.

Marco perd son sourire.

– Hennebelle?

– Oui. Elle est prête à mettre bas, d'après Laurent.

– Je veux rentrer tout de suite à la maison!

– Sans connaître le résultat de la compétition?

– Non. Je veux dire, oui!

– Fais entrer les chevaux dans la remorque pour gagner du temps, dit le père.

– Mais on ne peut pas! Tu sais bien, papa, les rubans, c'est à cheval qu'il faut aller les chercher!

– T'as raison. Qu'est-ce que je dis là!

Marco tourne en rond et ronge son frein.

C'est pas juste! Ma sœur et moi, on n'a jamais vu un animal venir au monde. Les chattes se cachent toujours au fond des placards pour mettre bas. Et quand les vaches vêlent, c'est toujours un jour d'école!

111

Le haut-parleur résonne enfin.

– Mesdames et messieurs, votre attention, s'il vous plaît. On demande aux concurrents de la dernière classe de se présenter dans le manège pour la remise des prix.

François enfourche Grenade tout en songeant aux récompenses qu'il a gagnées autrefois avec Pacho. Son Pacho, avec qui il a découvert les joies et les défis de l'équitation.

Au centre du ring, alignés les uns à côté des autres, les dix concurrents attendent le verdict du juge, debout face aux chevaux. Marco se tortille d'impatience sur sa selle.

– En troisième position, annonce enfin la voix, le...

Nadia espère. Si au moins elle obtenait la troisième place, cela consolerait peut-être ses parents...

– ... le ruban blanc est décerné à Ève-Marie Dion.

– Merde! dit Jennifer.

Marco regarde sa montre. «Dépêchez-vous donc, monsieur le lambin de juge, vous savez pas que j'ai une urgence?» pense-t-il.

– En deuxième position, j'appelle Carriacou, monté par Marc-André Harvey.

Kiwi en tête, la bande d'amis explose en bruyants hourras.

Marco sort du rang et avance à cheval pour recevoir son prix. Il est content et déçu à la fois. La première place eut été préférable. Mais bon, c'est mieux que rien!

Dissimulée dans la foule, Florence glisse en douce à l'oreille de Jennifer :

– Pourvu que ce soit François, le prochain!

– Ou Nadia?

– Tu crois? Tssuttt! Ça vient.

– Mesdames et messieurs, je vous rappelle que le grand gagnant de la journée se verra décerner, grâce à nos commanditaires, un prix spécial en argent. J'appelle donc, en première position, Grenade, monté par François...

Un tonnerre d'applaudissements éclate. François, tout sourires, s'approche du juge, qui épingle à la bride de Grenade le ruban rouge si convoité.

En douce, Nadia s'éclipse.

François, rouge de plaisir, sort du ring et rougit encore plus quand Florence lui saute au cou.

– On décampe tout de suite, d'accord, papa! dit Marco en filant comme une flèche.

– Prends au moins le temps de profiter de ta victoire, dit sa mère. Je suis très fière de toi, tu sais.

– Même si j'ai juste la deuxième place!

– Même si t'as juste la deuxième place.

– Qu'est-ce que les autres attendent? Hé Florence, dépêche-toi!

Florence et Sébastien enlèvent le harnachement de Carriacou. Sébastien se tourne vers François pour le taquiner.

– T'es mieux de te tenir le corps raide et les oreilles molles, parce qu'à la prochaine compétition, tu courras contre moi!

– Je ne serai peut-être pas dans la région au prochain concours, tu sais.

– T'es vraiment pas curieux, Larocque! dit Florence. Tu n'as même pas ouvert ton enveloppe.

– C'est Grenade qui devrait l'ouvrir. Les chevaux font soixante-dix pour cent du travail, pas vrai?

Il décachette enfin. À l'intérieur d'une feuille pliée en trois, le vainqueur découvre un beau billet de banque tout neuf et tout propre.

– Cent dollars! Wow!

– Qu'est-ce que tu vas en faire? s'enquiert Florence.

114

– Je ne sais pas trop. Il faut que j'y pense. Mais c'est sûr que je vais acheter de la bonne bouffe... et un sac de carottes pour Grenade.

Florence est aux oiseaux mais se rembrunit bien vite en voyant la mine de Nadia.

– Qu'est-ce que tu fais, Nadia ? Tu rentres chez toi ?

– Je n'ai pas envie.

– Viens avec nous, alors.

– Il faut que j'aille voir mes parents... et je n'ose pas.

– Ils ne sont quand même pas si terribles.

– Tu ne les connais pas bien, ça se voit.

– Bon. Je viens avec toi.

– Mais non, mais non, je vais me débrouiller. J'ai pris une grande décision. Je vais leur demander de vendre mon cheval. Je ne veux plus jamais faire de concours.

– Ne fais pas ça, Nadia. Tu vas le regretter.

Nadia s'éloigne vers sa roulotte, puis, brusquement, se tourne vers son amie.

– Vas-tu me prêter Carriacou de temps à autre ?

Florence a un petit pincement au coeur.

– Bien sûr que oui, voyons.

Chapitre 10

Petit cheval deviendra grand

La famille Harvey rentre à la ferme. Beaucoup trop lentement au goût de Marco, qui n'arrête pas de gigoter sur la banquette arrière entre Florence et François.

La campagne n'a jamais été si belle. Mille fleurs sauvages bordent la route. Marco s'en balance. Tout ce qui compte, c'est d'aller plus vite.

– Arrête de t'énerver, Marco.

– On va arriver trop tard. Je le sais. Je le sais. Laurent ne répond même plus au téléphone.

Florence tente de le calmer.

– C'est le premier bébé d'Hennebelle. Elle va nous attendre. J'en suis sûre.

– Tu es fine, Flo... Quand je pense que tu m'as prêté Carriacou! Tu sais... je n'ai plus envie que maman te vende.

– Je suis fine, comme tu dis, mais ne te fais pas d'illusions. Je ne te prêterai pas Carriacou tout le temps. Au prochain concours, c'est moi qui le monterai.

Toutes les deux minutes, Marco consulte la grande aiguille de sa montre. François, encore sous l'effet de la surprise, examine, pour la énième fois, le billet de cent dollars.

– J'espère que ce n'est pas un faux, le taquine Marco.

– Depuis quand ta famille est-elle installée dans nos parages, François? s'informe Mme Harvey.

– Euh... depuis un mois, environ.

– Ton père est cultivateur?

Les trois jeunes se regardent.

– Restaurateur, répond François avec de grands yeux blancs.

– Le blé d'Inde est déjà sorti de terre, regarde, maman, coupe Florence.

La fourgonnette ralentit au feu jaune. Marco ne tient pas en place.

– On dirait que tu fais exprès pour qu'on arrive en retard, papa!

– Du calme, jeune homme. On y est presque.

De loin, Coton a reconnu la fourgonnette. Il court et aboie en suivant la remorque, qui s'arrête devant la porte de l'écurie.

Le moteur à peine coupé, Marco est déjà dans le box d'Hennebelle. Il chuchote :

– Et alors ! Où il est, mon poulain ?

– Dans le ventre de sa mère, répond Laurent.

– Fiou ! Et le vétérinaire ?

– Il doit être en route. Il a eu une grosse urgence à la bergerie des Gaudreau.

– Catastrophe !

– Tout doux, mon pit. Fais confiance aux instincts de Hennebelle. Elle est en plein travail. Regarde, son abdomen se contracte normalement.

– Flo ! Viens vite, dit doucement Marco. Ça s'en vient !

La jument est en plein effort. Les trois jeunes entrent dans la grande stalle. Hennebelle gémit.

– Va chercher papa, dit Marco.

– Trop tard, dit François. Elle commence à expulser son bébé. Je le vois, je le vois !

– C'est normal? demande Marco.

– Oui, oui. J'ai déjà assisté à une naissance.

Florence répand de la paille fraîche et du bran de scie tout propre pour la couche du nouveau-né.

Des pas résonnent sur les dalles de ciment. Les parents Harvey accourent.

Hennebelle a une ultime contraction.

– Il arrive! Vite! dit François.

Marco, Florence et leur ami tendent leur visage vers le petit de cinquante kilos qui fait son entrée dans le monde. Le sang gicle. Les trois jeunes voient sortir le poulain. Marco, tout picoté de sang, s'extasie devant son petit cheval mouillé.

– Papa, je l'ai. Regarde! C'est un vrai cheval!

Florence et François caressent la jument qui peine encore sous les spasmes.

– T'as fait du beau travail, ma grosse, dit Florence. Ton petit a des grands yeux doux et une belle étoile blanche dans le front.

Marco ne résiste pas. Il touche le sabot du nouveau-né.

– C'est un garçon ou une fille? demande-t-il.

M. Harvey s'approche à son tour et palpe le bébé.

– Une belle pouliche, mon grand.

– Pourvu qu'elle grandisse vite, dit Marco en flattant amoureusement la petite chose tremblotante.

– N'y touche pas tout de suite, Marco. Laisse d'abord sa mère la lécher. Il faut qu'elle apprenne l'odeur de son petit.

Hennebelle, exténuée, reste allongée près de son rejeton. Un papillon blanc virevolte dans l'air humide.

– Tu vas l'appeler comment, ta petite championne?

– J'attends qu'elle se lève et qu'elle sèche... pour être sûr que le nom lui ira bien.

À peine vingt minutes plus tard, la nouvelle pensionnaire de l'écurie tente de se lever, pattes trop écartées. Le derrière en l'air, elle tangue, titube et retombe, naseaux dans la paille. À grands coups de langue râpeuse, Hennebelle stimule sa fille. Marco rit aux éclats de voir la petite pouliche se déplier, vaciller et s'emmêler les pattes comme des aiguilles à tricoter.

– Elle a des jambes de danseuse, toutes fines et blanches jusqu'aux genoux, dit Florence.

– On appelle ça des bas blancs, par chez nous, dit François.

– Je vais l'appeler Café-au-Lait, déclare soudain Marco.

– Où t'as pêché ça ? demande Florence.

Marco n'a pas le temps d'expliquer, que des pneus crissent à l'extérieur de l'écurie. Une porte claque. Deux policiers entrent au pas de charge.

– M. Harvey ! Bonnes nouvelles. On a un indice sérieux concernant votre voleur de chevaux.

François pâlit. Flo et Marco se raidissent.

– On vient d'arrêter des squatters au camp d'Omer. Ils sont au poste. Leur fils a disparu depuis ce matin. C'est un petit gars qui aime bien les chevaux, paraît-il.

En entendant ces mots, François se transforme en statue. Tout tourne à cent à l'heure dans sa tête. Il doit agir, et vite. Au moment où Florence ouvre la bouche pour le sortir du pétrin, François retrouve la parole :

– Ils se nomment comment, les gens que vous avez arrêtés ?

Le policier fouille dans son carnet de notes.

– Larocque. C'est ça. Normand et Pauline Larocque, et le grand-père.

– C'est moi, le fils Larocque. C'est moi qui...

Les parents Harvey dévisagent François et questionnent leurs enfants du regard. Florence se porte au secours de son ami.

– François a seulement emprunté mon cheval, monsieur l'agent, vous voyez bien que Carriacou est à sa place, là, dans son box...

M. Harvey n'est plus sûr de rien. Il devine que ses enfants lui cachent des choses. Les yeux bleus, intenses, de sa fille le supplient.

– Mon père allait justement vous téléphoner, continue-t-elle bravement.

– En effet, dit le père, hésitant, on a résolu le problème.

– C'était un prestitidi... comment tu dis ça, Flo?

– Laisse faire, Marco.

– Monsieur l'agent, coupe François, j'ai cent dollars à donner à M. Omer pour la location du camp. Mes parents ne sont pas des malhonnêtes. C'est juste qu'on n'a plus de maison où habiter.

– Le mieux, mon jeune, serait que tu viennes avec moi au poste pour qu'on débrouille tout ça. Ça vous va, M. Harvey?

– Très bien.

– Je viens avec vous, monsieur l'agent, dit François. Merci, tout le monde, pour la belle journée.

– Merci à toi, François, dit Mme Harvey. Tu as fait honneur à notre ferme. Donne-nous de tes nouvelles. J'avoue ne rien comprendre à tout ça.

Sitôt la voiture de police disparue, Mme Harvey se tourne vers sa progéniture.

– Alors, mes petits cachottiers, je pense que vous avez bien des choses à nous raconter, n'est-ce pas?

****

Quelques heures plus tard, Café-au-Lait trottine dans la grande stalle en multipliant les galipettes à la grande joie de Marco. Sa soeur se morfond. Elle s'inquiète du sort de François. N'y tenant plus, elle téléphone et convainc sa bande d'amis d'aller écornifler au poste de police du village. Pour tuer le temps, elle entreprend de nettoyer le plancher de ciment à grands coups de balai-brosse.

– Penses-tu que mon poulain deviendra aussi grand que Carriacou?

– Je ne sais pas, Marco. Veux-tu me dire pourquoi personne ne rappelle?

– Les flics ont décidé de garder François en prison, tiens!

– Pourquoi? Ce n'est pas un voleur!

– Non, mais c'est un squatter, comme t'as dit.

– On devrait galoper jusqu'au camp d'Omer pour savoir ce qui se passe.

– T'es tombée sur la tête ou quoi! Le soleil est couché. Si tu penses que tu vas me traîner dans le bois la nuit!

– Ouais. Ce n'est pas une bonne idée. Mais je veux savoir.

Soudain, des phares de voiture éclaboussent l'intérieur de l'écurie, puis s'éteignent.

– Qui ça peut bien être à cette heure-ci? s'étonne Marco.

– C'est encore la police, Marco. Viens voir.

Les quatre portières du car s'ouvrent en même temps. François apparaît, suivi de Nadia, Jennifer, Sébastien et Kiwi.

– Pourquoi vous êtes tous là? Qu'est-ce qui se passe, Nadia?

– Eh bien, on fouinait autour du poste et, quand François est finalement sorti, il nous a annoncé que le poulain de Marco était né. Ça nous démangeait de le voir. Mais l'agent n'a pas voulu qu'on vienne à bicyclette dans le noir.

– Faites vite, les enfants, dit le policier, on retourne au village dans cinq minutes.

– Venez voir Café-au-Lait, la gang, dit Marco à la volée.

Florence s'approche de François. Coton vient le renifler.

– Alors, qu'est-ce qui t'arrive ?

– Tout va bien. M. Omer est venu au poste. Il a accepté mes cent dollars pour la location du camp jusqu'à ce que mon père et ma mère trouvent du travail.

– Ça veut dire que tu restes dans le coin ?

– On dirait que oui. Mes parents ne veulent pas rentrer dans notre village. C'est une question de fierté, qu'ils disent.

– Pourquoi ? Ce n'est pas de leur faute s'il n'y avait plus de clients !

– Je sais. Mais ils disent qu'ils doivent retrouver leur honneur d'abord. Et moi, j'aimerais bien retrouver Pacho. Tu sais, le policier m'a juré qu'on pouvait retrouver la trace de mon cheval. Il a promis de me montrer comment on s'y prend avec la paperasse. Et peut-être qu'un jour, je pourrai le racheter.

– Ah, je suis contente pour toi! Mais dépêche. Va voir le poulain. Il faut que je parle à Nadia.

Dans un coin, Florence enlace la taille de son amie.

– Ça va, toi? Comment ça s'est passé avec tes parents?

– Bof! J'ai vu pire. Ça passera. Enfin, j'espère. Peut-être qu'un jour ils comprendront que j'aime les chevaux, point. Pas les médailles!

– Aimerais-tu coucher ici cette nuit?

– Ah oui alors! Tu veux? Je vais demander à ta mère de téléphoner à la mienne.

– On s'en va, les jeunes, dit l'agent de police. Larocque, amène-toi! Tes parents t'attendent.

– Salut, tout le monde, lance François en courant.

Coton le suit en aboyant.

– Salut! À demain alors? dit Florence.

– À demain, Florence. Mais c'est toi qui viens au camp. Apporte ton lunch.

– Et moi alors? fait Marco.

– Toi aussi, et Nadia, et tout le monde. À demain!

****

Cette nuit-là, Nadia et Florence ont dû pipeletter jusqu'à trois heures du matin. La nuit était chaude et sans vent. De sa chambre, Marco les entendait chuchoter, rire et peut-être même pleurer.

Ce ne serait vraiment pas juste si les parents de Nadia vendaient son cheval parce qu'elle ne gagne pas de concours. Moi là, si jamais mon père voulait vendre Café-au-Lait, je partirais avec mon poulain, loin, très loin d'ici. Je trouverais un lac dans la forêt, je construirais un abri pour lui, une cabane pour moi, et on serait heureux. Je cueillerais des fruits sauvages, je pêcherais des poissons et je ne serais plus obligé de me brosser les dents. Ce serait comme le bonheur.

«Et l'hiver, Marco, comment tu ferais?» dit une petite voix intérieure.

Ah oui, l'hiver! J'avais pas pensé à ça. Sac à papier que c'est pas juste...

Table des matières

1. Soeur à vendre 3

2. Qui a fait un coup pareil? 13

3. Une ombre dans la prairie 31

4. La traversée de l'étang 43

5. L'homme aux cheveux blancs 51

6. Le voleur de nuit 65

7. Un gros chagrin 77

8. Le pedigree 85

9. Samedi 93

10. Petit cheval deviendra grand 117

Dans la même collection :

1. LA FORÊT DES SOUPÇONS
Josée Plourde

Qui donc a intérêt à tenir Fanie et sa bande loin de la forêt ? Les méchants Trottier peut-être ? Une mystérieuse histoire de braconnage où le coupable n'est pas facile à démasquer.

2. LES YEUX DE PÉNÉLOPE
Josée Plourde

Que faire lorsqu'on tombe en amour avec un chien-guide qui devra bientôt partir pour servir d'yeux à un aveugle ? Voilà de quoi bouleverser la vie d'Andréanne, la meilleure amie de Fanie.

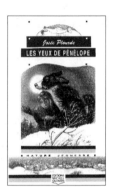

3. ENQUÊTE SUR LA FALAISE
Jean-Pierre Guillet

Un faucon qui titube dans le ciel — un camion-citerne dissimulé dans le bois — un voisin qui tombe malade... Guillaume et Julie rassemblent fiévreusement les indices. Arriveront-ils à mettre la main au collet du pollueur ?

4. MYSTÈRE AUX ÎLES-DE-LA-MADELEINE
Jean-Pierre Guillet

Qui est le mystérieux personnage qui arpente à la dérobée la plage du camp de vacances? Un espion? Guillaume et sa soeur Julie ont l'inconnu à l'oeil, mais leur curiosité leur coûtera cher...

5. LES AMOURS D'HUBERT
Josée Plourde

Hubert aime plein de choses, surtout Grand-maman, la photographie, les ratons laveurs, Macadam et Marie Pasedano, la petite Italienne aux yeux moqueurs. L'histoire inoubliable d'un garçon tendre, de sa grand-maman et du chien trouvé qui fera leur bonheur.

6. PICCOLINO ET COMPAGNIE
Pascale Rafie

Piccolino, le petit canari, ne chante plus. Laura a tout essayé pour le consoler: les mots doux, les graines spéciales, la musique des Beatles, même les grands airs d'opéra. Rien n'y fait. Peut-être lui faut-il une compagne? Ah! l'amour, l'amour, comme c'est compliqué!

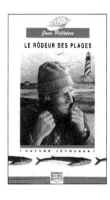

7. LE RÔDEUR DES PLAGES
Jean Pelletier

« Le rôdeur des plages embarque ses victimes dans sa chaloupe le soir et les jette par-dessus bord dans la mer. » Qui est cet inquiétant personnage qui hante les nuits de Fred ? Notre héros mène une intrépide enquête pour découvrir son identité... et fait l'une des plus belles rencontres de sa vie !

8. HUBERT ET LES VAMPIRES
Josée Plourde

Hubert est terrorisé. Il y a un vampire à Montréal ! Sur la galerie d'une maison-château du plateau Mont-Royal... Hubert réussira-t-il à convaincre ses amis François, Sonia et Marie du danger qui plane sur eux ?

9. DES ENNUIS À COUP SÛR
Jean Pelletier

Quand ça va mal, ça va mal ! Julie ne sait plus que faire de tous ses pensionnaires à quatre pattes. Un petit roman très drôle pour tous ceux et celles qui aiment les minous.

10. LE SECRET DU LAC À L'AIGLE
Dayle Gaetz

Des coups de feu tout près, en dehors de la saison de la chasse? Katie et Justin, en randonnée dans la forêt, sont pétrifiés. C'est le début d'une enquête passionnante pour les deux jeunes détectives. Qui a tiré? Le coupable s'attaque-t-il aux humains, aux aigles?

11. UNE VIE DE FÉE
Laurent Chabin

Malourène n'est pas une petite fée ordinaire... Elle parle aux animaux de son jardin, elle vient en aide à un roi mouillé, elle tombe en amour avec un drôle de prince. Quatre histoires amusantes et tendres sur une jeune fée remplie de sagesse mais pas prétentieuse pour deux sous...

12. CARRIACOU
Nicole M.-Boisvert

Florence est morte d'inquiétude. Carriacou, son cheval adoré, a disparu de l'écurie! Et le concours d'équitation qui approche... Carriacou s'est-il sauvé? Quelqu'un l'a-t-il volé?

Carriacou, c'est l'histoire d'une nouvelle amitié, née d'une grande passion pour un cheval.